Gitty Daneshvari

Der Club der Unsichtbaren Spione jagt den Virus-Dieb

Gitty Daneshvari

DER CLUB DER UNSICHTBAREN

JAGT DEN VIRUS-DIEB!

Aus dem Amerikanischen
von Bettina Spangler

cbj

Dieses Buch ist auch als E-Book erhältlich.

FSC
www.fsc.org
MIX
Papier aus verantwortungsvollen Quellen
FSC® C014496

Verlagsgruppe Random House FSC® N001967

1. Auflage 2017

Die amerikanische Originalausgabe erschien 2016
unter dem Titel »The League of Unexceptional Children –Get smartish«
bei Little, Brown and Company, Hachette Book Group, New York

Umschlag und Innenillustrationen: Lisa Hänsch
Lektorat: Hjördis Fremgen
hf · Herstellung: UK
Satz: KompetenzCenter, Mönchengladbach
Druck: GGP Media GmbH, Pößneck
ISBN 978-3-570-17331-2
Printed in Germany

www.cbj-verlag.de

Für Edward John Carlson

PROLOG

Nach der schlimmsten Sicherheitspanne in der Geschichte der USA wurden Jonathan Murray und Shelley Brown, beide zwölf Jahre alt, vom Club der Unsichtbaren Spione angeworben. Hierbei handelt es sich um ein verdecktes Netzwerk, das ganz normale, durchschnittliche und kein bisschen außergewöhnliche Kinder als Geheimagenten einsetzt. Warum ganz gewöhnliche Kinder? Warum nicht die Superhirne und Intelligenzbestien? Warum nicht die Computer-Nerds? Oder die Sportskanonen?

Nun ja, die Sache ist ganz einfach: An die würden sich die Leute erinnern, aber an die Gewöhnlichen erinnert sich niemand. Sie müssen sich den anderen Kindern, die sie seit dem Kindergarten kennen, jeden Tag neu vorstellen. Warum? Weil sie unsichtbar sind. Sie leben verborgen im »toten Winkel des Lebens«.

»Ist durchschnittlich denn was Schlechtes?«
Lottie Markman, 11, Ann Arbor, Michigan

20. Oktober, 22:28 Uhr, Easleton-Labor, London, England

Die Nacht war kalt. In der ganzen Stadt herrschte dichter Nebel. Es war so eine Nacht, in der einem die Nackenhaare zu Berge stehen, die ein unangenehmes Prickeln hervorruft, sodass man sich unwohl fühlt aus Gründen, die man niemand so recht erklären kann. Die Bewohner Londons eilten geschäftig durch die sich langsam leerenden Straßen, weil sie so schnell wie möglich nach Hause wollten. Und auch wenn niemand einen Grund hatte, über die Schulter zu sehen, taten die Leute es trotzdem. Denn irgendwo tief im gemeinsamen Unterbewusstsein der Stadt lauerte das Wissen, dass man an einem historischen Wendepunkt stand … und zwar an keinem Wendepunkt zum Guten.

Am Ende einer spärlich beleuchteten Gasse lauerte vor dem

Eingang zum Easleton-Labor eine dürre, klapprige Gestalt. Der Mann in tannengrüner Wachuniform, den wir schon bald als Fred kennenlernen, klimperte nervös mit den Münzen in seiner Tasche.

»Was war das?«

»Ach, komm schon, Fred, sei doch kein Angsthase! Du benimmst dich wie ein Schulmädchen vor dem ersten Date«, entgegnete ein dickbäuchiger Kerl mittleren Alters.

»Jeffrey, ich hab was gehört. Da bin ich mir ganz sicher!«

»Kumpel, da ist gar nichts. Na ja, vielleicht nicht gar nichts – schließlich sind wir hier in London. Da wuseln vermutlich schon ein paar Ratten oder Kakerlaken im Finstern herum …«

»Ich höre jemanden atmen!«, fiel Fred ihm ins Wort. »Ein, aus, ein, aus …«

»Das ist dein eigener Atem, Kollege«, sagte Jeffrey, der Fred nun beruhigend die Hand auf die Schulter legte. »Entspann dich! Wir bewachen hier ein Labor, nicht die Queen. Unser Job ist kinderleicht – wir sollen andere Nerds davon abhalten, die Arbeiten unserer Nerds zu klauen.«

»Ja, du hast ja recht«, fügte Fred sich widerstrebend. »Nerds haben nichts Beängstigendes an sich … überhaupt nichts.«

Mitten im Herzen von London ganz am Ende einer Gasse lag das Easleton-Labor. Das Licht eines einsamen Laternenpfahls flackerte über das verwitterte Kopfsteinpflaster. Und auch wenn in einiger Entfernung Autoreifen quietschten, Busse hupten und

Leute sich lautstark unterhielten, bei ihrer Arbeit begegneten Fred und Jeffrey so gut wie nie jemandem.

Klick. Klack. Klick. Klack.

Das Klappern von Absätzen erregte Freds Aufmerksamkeit.

»Hast du das gehört?«

»Klar hab ich das gehört«, erwiderte Jeffrey und deutete zum anderen Ende der Gasse. »Ist ein Typ aus der City, der sich verlaufen hat. Bestimmt sucht er nach dem Parkplatz ein Stück weiter die Straße runter.«

Mittelgroß. Schlank. Der Mann im Anzug schien genau das zu sein, wofür Jeffrey ihn hielt: Irgendein Typ aus der City, der vergessen hatte, wo er sein Auto abgestellt hatte.

Kopfschüttelnd murmelte Fred: »Ich weiß nicht, was in letzter Zeit mit mir los ist. Vielleicht liegt es an den Krimis, die ich vor dem Schlafengehen immer lese. Meine Mama meint, ich sei viel zu leicht zu beeinflussen.«

Doch das war nicht das Einzige, was Freds Mama gesagt hatte. Sie fand außerdem, dass er immer zur falschen Zeit am falschen Ort war. Und Junge, wie recht sie doch hatte! Denn gerade in dem Moment, als Fred sich damit abfand, dass seine Nerven mit ihm durchgingen, näherte sich die Gefahr. Denn vom Dach des Labors beobachtete eine schattengleiche Gestalt das nichtsahnende Duo unten auf der Straße. Die Gestalt trug einen schwarzen Overall und eine Skimaske. Die Silhouette verriet, dass es eine Frau war. Entschlossen und mit höchster Präzision und Anmut zog sie den Reißverschluss einer Tasche auf und baute mit wenigen flinken Handgriffen ein Betäubungsgewehr zusammen, das die Aufschrift EIGENTUM ZOO LONDON trug.

»Man muss sie aufhalten«, stellte sie mit kalter, emotionsloser Stimme fest, während sie einen Pfeil einlegte, das Fadenkreuz auf Fred richtete und das Beruhigungsmittel für Pferde direkt in seine knochige Schulter abfeuerte.

»Aaah!«, jaulte Fred und verdrehte die Augen. Dann knickten seine Knie ein und er ging zu Boden.

»Du liebe Güte! Jetzt ist es so weit! Nerds greifen an!«, kreischte Jeffrey lauthals. Dabei griff er hastig nach dem Funkgerät an seinem Gürtel, um mit einem beherzten Versuch seine *eigenen* Nerds zu beschützen. Doch noch bevor Jeffrey die Sprechtaste drücken konnte, durchbohrte ein Pfeil seine linke Schulter und brachte ihn augenblicklich zu Fall.

Nachdem die maskierte Gestalt oben auf dem Dach ein Seil befestigt hatte, ließ sie sich an der Vorderseite des Gebäudes herab. Weniger als dreißig Sekunden später landete sie behände unten auf dem Pflaster. Dann zog sie einen kleinen Klumpen feuchter roter Tonerde aus der Tasche und nahm vorsichtig von den Zeigefingern der beiden Wachleute die Fingerabdrücke.

»Errr«, gurgelte Jeffrey, als die Frau mit ihrer behandschuhten Hand seinen Mund öffnete und mit einem Wattestäbchen über die Innenseite seiner Mundhöhle strich. Dann wandte sie sich Fred zu.

Gleich neben dem Eingang zum Easleton-Labor hing ein kleiner gläserner Bildschirm, an den die Unbekannte nun vorsichtig den Tonklumpen mit den Fingerabdrücken hielt, bis die folgende Nachricht aufleuchtete: IDENTIFIZIERUNG ERFOLGREICH. Und schon öffneten sich die Türen zu einem kleinen Vorraum. Als die Gestalt drin war, ließ sie die Wattestäbchen in zwei zylinderförmige Röhrchen gleiten.

»DNA bestätigt«, verkündete eine mechanische Computerstimme. Unmittelbar danach glitten die Türen zum Labor auf.

Vier Minuten und sieben Sekunden verstrichen. Die Frau trat wieder aus dem Gebäude, in der Hand eine winzige Glasphiole mit der Aufschrift LIQ-30. Und schon war das Virus draußen, einfach so. Ein Virus, so gefährlich, dass es buchstäblich die komplette Menschheit in die Knie zwingen konnte.

»Bekäme ich jedes Mal ein paar Cent, wenn jemand meinen Namen vergisst, wäre ich wohl der erste Millionär in der Geschichte der Menschheit, der den Namen ›Hey, du‹ trägt.«

Concha Rey, 12, Madrid, New Mexico

21. Oktober, 1:42 Uhr, Downing Street Nummer 10, London, England

Ein verschlissenes altes Betthäubchen hing schief auf dem Kopf einer älteren Dame, die den Flur entlangjagte und wild mit den Armen fuchtelte.

»Alle in den Bunker! Wir werden bombardiert!«

Immer wieder sprach die Frau die Worte in einem Singsang, bis sie vor einer imposanten Holztür angekommen war. Ihre runzelige, von Altersflecken übersäte Hand griff nach dem Knauf und drehte ihn mit so viel Schwung, wie es einer Dreiundneunzigjährigen möglich war.

»Alle in den Bunker!«, rief die alte Frau wieder und riss David Falcon, den Premierminister des Vereinigten Königreichs, und seine Frau aus dem Tiefschlaf.

»Ich hab doch gesagt, wir sollten ein Vorhängeschloss an dieser Tür anbringen«, stöhnte die Frau des Premierministers, während ihr Mann sich mühsam erhob.

»Mrs Cadogan, der Blitzkrieg ist vorbei. Er wurde schon vor vielen, vielen Jahrzehnten beendet.«

»Wer sind Sie? Wo ist Premierminister Churchill?«

»Ich bin Premierminister Falcon.«

»Aber ... ich verstehe nicht ...«

Premierminister Falcon schüttelte den Kopf und seufzte. »Mrs Cadogan, Sie sind nun schon seit dem Jahr 1939 hier in der Downing Street. Sie sind schon fast so was wie ein Nationalheiligtum. Ich muss Ihnen jedoch leider mitteilen, dass Ihr Gehirn nicht mehr das ist, was es einmal war. Der Zweite Weltkrieg ist nun schon eine ganze Weile vorbei, aber seit Sie älter sind, scheint Ihr Gedächtnis immer häufiger in jener Zeit hängen zu bleiben.«

»Sie meinen, der Krieg ist vorbei?«, hakte Mrs Cadogan mit schwacher Stimme nach.

»Ja«, bestätigte der Premierminister.

»Und haben wir gewonnen?«

»Wir sprechen immer noch Englisch, nicht wahr?«, entgegnete er, und sein Geduldsfaden war schon stark strapaziert.

»Ich schätze, ja«, antwortete Mrs Cadogan, bevor sie zum Abschied einmal kurz nickte und dann den langen Gang wieder zurücklief.

»Arme Frau, sie geht nächtelang die Flure auf und ab«, murmelte die Frau des Premiers, während sie sich wieder ins Bett legten, um so schnell wie möglich weiterzuschlafen. Doch sie hatten kaum die Augen geschlossen, da wurden sie von einer anderen Stimme gestört.

»Entschuldigen Sie, Premierminister Falcon, aber wir haben ein Problem, das umgehend Ihre Aufmerksamkeit erfordert.«

»Was ist denn jetzt?«, grummelte der Premierminister, schnappte sich seinen Morgenmantel und schob die Füße in seine Pantoffeln.

Ein Mann mittleren Alters mit einem Glasauge, windschiefen Zähnen und einem Körper, der sicher seit vor der Erfindung des Internets kein Fitnessstudio mehr von innen gesehen hatte, war der Urheber der Unterbrechung – Randolph Dowager – ein Mann von *unverwechselbarem* Äußeren.

»Randolph«, stöhnte der Premierminister. »*Es* steckt wieder einmal fest.«

»Ich bitte vielmals um Entschuldigung, Sir«, erwiderte Randolph, während er einen Spiegel aus der Tasche kramte und sein Glasauge in die richtige Position rückte. Randolph, ehemaliger Agent beim MI5 (dem obersten Geheimdienst des Vereinigten Königreichs), hatte sein Auge bei einem Einsatz verloren. Die

Regierung betrachtete dies als unvermeidliche Begleiterscheinung – doch für Randolph war es ein Ehrenabzeichen. Auch wenn es oftmals »stecken blieb« und dann in Richtung Decke starrte.

»Ich bitte vielmals um Entschuldigung, Sir, Sie zu dieser nachtschlafenden Zeit zu wecken.«

»Ja, ja.« Der Premierminister eilte mit Randolph an seiner Seite im Stechschritt los. »Genug der Entschuldigungen, schießen Sie los.«

»Nina Mitford, eine Agentin in der Abteilung für Jugendspionage, ist abgängig.«

»Mal ehrlich, Randolph«, maulte der Premier. »Es verschwinden doch am laufenden Band BJS-Agenten. Es sind Teenager und das heißt: Sie sind schrecklich launische Zeitgenossen. Wenn der Wind nur aus der falschen Richtung weht, wollen sie mit dem Wetter ›Schluss machen‹!«

»Damit keine Missverständnisse aufkommen, Sir, Agentin Mitford wird nicht vermisst. Sie ist auf der Flucht. Etwa gegen dreiundzwanzig Uhr gestern Nacht ist sie ins Easleton-Labor eingebrochen und hat eine Phiole mit LIQ-30 entwendet.«

Premierminister Falcon geriet ins Wanken und seine Knie zitterten unübersehbar. »Sagten Sie LIQ-30?«

»Ich fürchte, ja, Sir. Das BJS und der MI5 sind bereits dabei, die Stadt nach Agentin Mitford zu durchkämmen, bislang ohne Erfolg. Von dem Mädchen keine Spur.«

»Sie werden sie nicht finden«, stellte der Premierminister ungerührt fest. »Agentin Mitford weiß genau, wie Sie denken, wie Sie vorgehen. Insider sind immer am schwersten ausfindig zu machen. Wir werden Hilfe benötigen.«

»Sir, wollen Sie damit andeuten, dass wir Außenstehende zurate ziehen sollen?«, hakte Randolph nach.

»Nicht irgendwelche Außenstehende. Amerikaner«, verkündete der Premierminister. Während er den Flur entlanghastete, nahm ein Plan in seinem Kopf Gestalt an. »Holen Sie mir den Präsidenten der Vereinigten Staaten an die Strippe.«

22. Oktober, 7:02 Uhr, Flughafen Heathrow, London, England

»Hallo?«, rief der zwölfjährige Jonathan Murray, als er in seinen Lieblingsklamotten – Khakihose, weißem T-Shirt und Turnschuhen – aus dem Flugzeug stieg.

(Er selbst betrachtete dies als »ordentlich angezogen«, ein Outfit, das der Welt zeigte, dass er später zu der Sorte Erwachsener gehören würde, die sich stets an die Geschwindigkeitsbegrenzung hielten und die Spülmaschine nach einem bestimmten Ordnungsprinzip einräumten.)

»Shells? Sprich bitte lauter. Ich kann dich nicht hören«, fuhr Jonathan fort.

»Super, dass du mich wieder mal aus dem Takt bringst, Johno«, entgegnete Shelley Brown und schob die Krempe ihres Filzhutes nach oben. »Ich war gerade dabei, meine Ankunft zu schildern.«

»Das ist ja mal was Neues«, sagte Jonathan seufzend und wischte sich das schlaff herabhängende schwarze Haar aus der Stirn.

Shelley räusperte sich und wechselte in den ernsten Tonfall eines Nachrichtensprechers. »Shelley Brown, die Grande Dame der Spionagewelt, trifft in diesen Minuten in London ein. Sie trägt einen grauen Trenchcoat, schwarze Gummistiefel und einen schicken Filzhut. Jung, attraktiv und mit einem spitzbübischen Funkeln im Blick, ist sie bereit, die Welt zu erobern … oder zumindest London. Die Welt wäre wohl ein bisschen zu viel für eine Zwölfjährige … obwohl … sie wird ja in nur acht Monaten dreizehn … Also wer weiß, vielleicht ist sie doch schon bereit dafür …«

»Du bist keine Dame«, korrigierte Jonathan sie. »Du bist eine *junge* Dame, was nichts weiter als ein anderes Wort für Kind ist.«

»Pah«, entgegnete Shelley kopfschüttelnd. »Du alter Spielverderber.«

»Jep, das bin ich, professionelle Spaßbremse«, gab Jonathan nüchtern zurück und deutete dabei auf das gelbe Schild, das zur Zollabfertigung führte. »Gleich ist es so weit. Sollen wir unsere Tarnung noch einmal durchsprechen?«

»Du meinst die Tarnung als Teilnehmer an der Jugendparlaments-Konferenz? Laaang-weilig. Ich schlafe jetzt schon ein. Es ist noch nicht zu spät … Wir könnten noch auf meinen Vorschlag umschwenken: Tierärzte mit Fachgebiet Hundezahnspangen.«

»Zum letzten Mal: Wir sind zu jung, um schon fertig ausgebildete Tierärzte zu sein. Und niemand, ich wiederhole, *niemand* lässt seinem Hund eine Zahnspange anpassen«, erläuterte Jonathan. »Unsere Eltern haben uns die Jugendparlaments-Geschichte ja auch abgekauft, also wird sie der Zoll-Heini auch schlucken.«

»Da wäre ich mir nicht so sicher. Sieh mich doch an: Ich bin doch durch und durch Spionin. Das ist mir quasi auf die Stirn geschrieben«, widersprach Shelley, die jetzt die Hände in den Taschen ihres übergroßen Trenchcoats vergrub.

»Und ich dachte, das wären Schweißperlen«, sagte Jonathan trocken.

»Willst du damit andeuten, ich würde übermäßig schwitzen? Wenn es eines gibt, was auf Shelley Brown absolut nicht zutrifft, dann ist es übermäßiges Schwitzen. Außer wenn ich in der Sauna bin oder mir an einem Selbstbedienungsbüfett den Bauch vollschlage«, plapperte Shelley munter weiter, während der Zollbeamte das Paar vor ihnen zu sich an den Schalter winkte.

»Die Ausweise bitte«, forderte der Beamte das Paar auf, ehe er sich die Fotos in den Papieren genauestens ansah. »Was führt Sie ins Vereinigte Königreich? ... Wie lange wollen Sie bleiben? ... Haben Sie Verwandtschaft hier? ... Was machen Sie beruflich? ... Willkommen in London, einen schönen Aufenthalt wünsche ich Ihnen! ... Der Nächste bitte!«

Also stolzierte Shelley in einer Art und Weise auf den Einreisebeamten zu, wie es Jonathan nur aus Filmen kannte. Sie wiegte die Hüften, ließ ihre Absätze klackern. Die Arme schwangen energisch vor und zurück. Und auch wenn ihr Auftreten förmlich schrie: »Hallo, Leute, seht mich an!«, zuckte der Mann am Schalter mit keiner Wimper. Nicht einmal als Shelley ihren Hut abnahm, ihr schulterlanges straßenköterblondes Haar schüttelte, die Brille hochschob und den Ausweis vorzeigte, als würde sie ihre Dienstmarke präsentieren.

»Shelley Brown meldet sich zur Stelle.«

»Ihr könnt durchgehen, Kinder«, sagte der Grenzbeamte, nachdem er ihre beiden Ausweise hastig abgestempelt hatte.

»Aber Sie haben sich die Fotos nicht einmal richtig angesehen! Geschweige denn uns Fragen gestellt!«, protestierte Shelley, während Jonathan sie weiterzerrte. »Wir könnten Verbrecher sein, Sie haben doch keine Ahnung! Kriminelle! Gangster! Hacker!«

Doch der Beamte hörte Shelley längst nicht mehr. Tatsächlich hörte kaum je einer, was Shelley sagte. Das Mädchen hatte nämlich eine Stimme, die im Alltagslärm unterging. Wenn also jemand nicht ganz dicht bei ihr stand oder sich voll und ganz auf sie konzentrierte, war sie so gut wie nicht zu hören. Das verstärkte natürlich Shelleys lebenslangen Wunsch, endlich bemerkt zu werden.

»Warum wehrst du dich dagegen, Shells?«, fragte Jonathan auf dem Weg zur Gepäckausgabe. »Nur aus dem Grund wurden wir rekrutiert ... weil keiner sich für uns interessiert.«

»Ja, schon klar, aber …«

»Nichts aber«, unterbrach Jonathan sie barsch. »Du solltest die Tatsachen akzeptieren. Das ist nun einmal unser Schicksal im Leben. Letzte Woche hat meine Oma den jährlichen Familien-Newsletter verschickt. Willst du wissen, was da drin stand? ›Jonathan Murray lebt auch noch.‹ Das stand da direkt nach einem Absatz über die Peru-Reise meiner Cousine Elena, die dort Armenhäuser baut.«

»Na, zumindest hat sie nichts Falsches behauptet. Du bist ja wirklich noch am Leben.«

»Kannst du dir das vorstellen? Ich könnte sterben, ohne dass meine eigene Oma was davon mitkriegt.«

»Das kann ich mir eigentlich recht gut vorstellen. Du bist so unscheinbar. Dich findet man erst, wenn deine Leiche schon anfängt zu stinken«, sagte Shelley, ehe sie noch hinzufügte: »Es sei denn, ihr habt Ratten im Haus. Dann fressen die dich vorher auf, mit Haut und Knochen und allem. Dann erfährt keiner, dass du tot bist.«

»Das ist genau die Art von Gespräch, die wir vermeiden sollten, wenn wir den Premierminister treffen«, stellte Jonathan entschieden fest. »Apropos, wo wir schon von ihm reden, ich denke, wir sollten direkt in die Downing Street Nummer 10 fahren.«

»Wenn die keinen 24-Stunden-Zimmerservice haben, können die aber was erleben.«

»Shells, die Downing Street Nummer 10 ist kein Hotel. Es ist der offizielle Amtssitz des Premierministers von Großbritannien.«

Shelley kniff misstrauisch die Augen zusammen. »Woher willst du das wissen?«

»Jeder weiß das«, entgegnete Jonathan, bevor er etwas leiser hinzufügte: »Na ja, fast jeder …«

»Meine Mom sagt immer: ›Gib stets dein Bestes, dann bin ich zufrieden‹. Aber wenn ich eine Drei plus heimbringe, vergeht ihr das Lachen.«

Rita Reier, 14, Tarzana, Kalifornien

22. Oktober, 9:32 Uhr, Downing Street Nummer 10, London, England

Der Mann war dünn und drahtig. Er trug einen tadellosen maßgeschneiderten dunkelblauen Anzug und eine schlichte, aber teure Armbanduhr. Da er nichts anderes tat, als finster dreinzublicken, war er genau so, wie Jonathan und Shelley sich einen Premierminister vorgestellt hatten.

»Präsident Arons hat mich darüber in Kenntnis gesetzt, dass man es euch beiden zu verdanken hat, dass der Verkauf von streng geheimen Dokumenten abgewendet werden konnte. Zudem habt ihr den Entführer des Vizepräsidenten dingfest gemacht und an die Justiz übergeben«, sagte Premierminister

Falcon in einem steifen und förmlichem Tonfall, der einem Gespräch mit der Queen angemessen gewesen wäre.

»Für Sie ist er vielleicht der Vizepräsident, aber für mich ist er einfach nur mein Freund Carl«, verkündete Shelley stolz. Sie saß vor dem Schreibtisch des Premierministers.

»Im Sinne einer kompletten Offenlegung, Sir, sollten Sie wissen, dass Shelley schnell dabei ist, jemanden als Freund zu bezeichnen«, mischte Jonathan sich ein. »Wenn Sie ihr nur kurz zuwinken, betrachtet sie Sie schon als besten Kumpel.«

»Aber gehe ich recht in der Annahme, dass ihr beide für den Erfolg der zuvor erwähnten Mission verantwortlich zeichnet?«, drängte Premierminister Falcon weiter.

»So ist es, Sir«, bestätigte Jonathan und biss sich gleich auf die Zunge, um nicht auch noch zu sagen: »Aber wir hatten einfach nur Schweineglück.«

»Gut«, erwiderte der Premier nickend. »In der Regel bitte ich das Ausland nicht leichtfertig um Hilfe. Nur eine schwerwiegende und gefährliche Situation hat mich heute dazu veranlasst, dies zu tun.«

»PM, darf ich Sie PM nennen?«

»Bitte nicht«, raunte Jonathan Shelley zu.

»Machen Sie sich keine Sorgen, auch wenn mein zweiter Vorname nicht ›Unheil bringend und gefährlich‹ lautet. So hieße ich nämlich längst, wenn es nicht verboten wäre, dass Minderjährige ohne Zustimmung der Eltern ihren Namen ändern.«

Premierminister Falcons steife Miene wirkte mit einem Mal angestrengt, als er nun zu Jonathan blickte.

»Oh, ich?«, fragte Jonathan. »Ich habe keinen zweiten Vornamen, was echt besser so ist, wenn man bedenkt, welche Namen meine Eltern sich so überlegt hatten … Flash, Boon, River … Solche Namen kriegt man nie wieder los.«

»Genau, geht nicht. Frank oder Larry vielleicht schon, aber die nicht«, sagte Shelley.

»Ich will euch zwei ja nicht beleidigen, aber …«

»Oh, es braucht schon etwas mehr, um uns zu beleidigen, stimmt's, Johno?«

»Stimmt. Ist eine unserer größten Stärken.«

»Ihr beide wirkt schrecklich unfähig … erschreckend unfähig«, verkündete Premierminister Falcon schonungslos.

»Unfähig? Sie meinen so in Richtung, wir wissen nicht, was wir tun?«, hakte Shelley nach.

»Ganz genau«, antwortete der Premierminister.

»Das liegt daran, dass wir tatsächlich nicht wissen, was wir tun. Und im Grunde sind wir in nichts richtig gut«, erklärte Jonathan.

»Da muss ich meinem Kollegen widersprechen, ich hab nämlich durchaus ein paar verborgene Talente.«

»Hat sie nicht«, brachte Jonathan energisch vor. »Tatsächlich haben wir jedoch die Fähigkeit, uns anzupassen, durchs Leben zu gehen, ohne dass irgendwer uns bemerkt oder wir auf jemandes Radar auftauchen. Warum? Weil wir durchschnittlich sind, weil man uns schnell wieder vergisst, wir absolute ›Normalos‹ sind. Weil wir, um mit den Worten von Hammett Humphries zu sprechen, ›im toten Winkel des Lebens‹ existieren.«

»Und diese Unsichtbarkeit verschafft uns Zugang zu fast allem«, erklärte Shelley, die jetzt die Brille abnahm und dem Premierminister direkt in die Augen sah. »Vielleicht glauben Sie noch nicht so recht daran, aber Sie werden sehen, am Ende werden Sie sich wünschen, alle Ihre Spione wären so gewöhnlich wie wir.«

»Äußerst interessante Theorie. Es kommt also nicht auf das Talent eines Agenten an, sondern auf seine Fähigkeit, möglichst unbemerkt zu bleiben«, sagte der Premier nachdenklich.

»Wir haben unserer Regierung ziemlich krasse Probleme erspart. Und mit Ihrer Erlaubnis werden wir unser Bestes geben, um auch Ihnen zu helfen«, sagte Jonathan.

Der Premierminister starrte den Jungen einige Sekunden an, ehe er sich Randolph zuwandte und nickte.

»Vor zwei Nächten ist eine unserer Agentinnen von der Abteilung für Jugendspionage spurlos verschwunden. Ihr Name ist Nina Mitford«, sagte Randolph und legte das Foto eines Mädchens vor Jonathan und Shelley auf den Tisch. »Sie hat die Verbindung zu ihrem Peilsender gekappt und das Handy ausgeschaltet. Dann ist sie in ein Labor eingebrochen, in dem Experimente mit geringer Sicherheitsstufe durchgeführt werden … Doch ein Experiment bildet die Ausnahme.«

»Ooooh«, juchzte Shelley, die sich nun vorbeugte. »Ich hab das Gefühl, gleich wird's spannend.«

»Um diese Geschichte zu verstehen, sollte ich euch wohl als Erstes von dem Chiropterologen erzählen«, fing Randolph an, ehe er eine Pause einlegte. »Das ist jemand, der sich wissenschaftlich mit Fledermäusen befasst.«

»Nicht nötig, dass Sie das Offenkundige erläutern, Randolph«, warf Shelley dazwischen, während Jonathan mit den Augen rollte.

»Der Chiropterologe, Dr. Kashef, war in der Forschung aus diversen Gründen bestens bekannt. Einer dieser Gründe war, dass er ein Genie war mit einem IQ von 160. Doch vor einigen Monaten wurde er auf einer Forschungsreise nach Afrika von einer unbekannten Fledermausart gebissen. Binnen weniger Wochen war er ein anderer Mensch – leicht abgelenkt, zerstreut, unfähig, sich länger als ein paar Sekunden auf eine Sache zu konzentrieren, und somit auch weniger intelligent. Er büßte viel von seiner ursprünglichen Intelligenz ein – ganze 30 Punkte, um genau zu sein. Diese mutierte Abart der Fledermaus ist Träger eines Virus, das den Stirnlappen des Gehirns angreift. Und das wirkt sich dauerhaft auf die Konzentrationsfähigkeit und die Intelligenz aus. Mit dem Virus steckt man sich über den Speichel an. Und auch wenn diese kleine Kolonie von Fledermäusen ausgelöscht wurde, brachte man eine Phiole mit dem Virus zu Forschungszwecken ins Vereinigte Königreich.«

»Dr. Kashef hat also eine Fledermaus geknutscht, oder wie? Ich will ja niemanden verurteilen. Im Dunkeln passieren die seltsamsten Dinge. Bei einem Stromausfall ließ ich mal die Hamster meiner Schwester aus dem Käfig und habe sie dann gejagt wie ein Löwe eine Horde Kaninchen ... Ich hab mich in ein Tier verwandelt ... bis das Licht wieder anging. Danach hab ich mich wieder vor den Fernseher gesetzt und eine Realityshow geguckt«, erzählte Shelley.

Das veranlasste den Premierminister dazu, Randolph zuzuflüstern: »Es ist nicht nur der Verlust wahrer Genies, der mir Angst macht. Ich frage mich, was aus denen wird, die schon von Natur aus nicht mit Intelligenz gesegnet sind.«

Randolph nickte. Plötzlich knarzte es links vom Schreibtisch des Premierministers. Das Geräusch kam aus einem Wandschrank und schwoll so an, dass sich alle im Raum dem Geräusch zuwandten.

»Bitte erzählen Sie mir nicht, dass wir schon wieder eine Rattenplage haben«, bemerkte der Regierungschef, kurz bevor die Tür aufflog und ein hochgewachsener Mann im Nadelstreifen-Zweireiher vor ihnen stand, das schwarze Haar mit Pomade ordentlich nach hinten gekämmt.

»Randolph, rufen Sie die Wachleute!«, schrie Premierminister Falcon und schob gleichzeitig seinen Stuhl vom Schreibtisch zurück.

»Hammett!«, riefen die Kinder im Chor, während der Mann

sich einen Zahnstocher in den Mund steckte und ins Zimmer geschlendert kam.

»Das ist nicht nötig, Premierminister«, sagte Hammett, trat an den Schreibtisch heran und streckte ihm zur Begrüßung die rechte Hand hin. »Mein Name ist Hammett, mit zwei t. Hammett Humphries.«

»Chef des Clubs der Unsichtbaren Spione?«, hakte der Premierminister nach.

»Genau der bin ich, wie er leibt und lebt«, bestätigte Hammett, während er den Zahnstocher aus dem Mund zog.

»Na schön, aber was um alles in der Welt haben Sie in meinem Wandschrank zu suchen?«, wollte Premierminister Falcon wissen und donnerte mit der Faust auf den Tisch.

»Sie sind ganz schön aggressiv, wie?«, entgegnete Hammett mit einem verschlagenen Grinsen. »Ich will Ihnen eine einfache Erklärung liefern. Diese beiden hier mögen zwar nicht nach viel aussehen, und das, was sie sagen, überzeugt auch nicht immer. Aber ich kann Ihnen versichern, diese Kinder werden Ihre Rettung sein. Allerdings sind Unsichtbare wie Stachelschweine im Gorillakäfig. Sie benötigen eine spezielle Behandlung. Daher hielt Präsident Arons es für das Beste, dass ich für den Notfall in London vor Ort bin.«

»Nun gut, ich kann verstehen, dass Ihre Spione einen Ansprechpartner brauchen, aber das erklärt immer noch nicht, warum Sie sich im Wandschrank aufgehalten haben«, fauchte Randolph.

»Was soll ich sagen? Ich mag es eben, wenn ich einen besonderen Auftritt habe«, erklärte Hammett gerade, als eine rothaarige Frau in einer klassischen weißen Schwesternuniform aus dem Schrank gekrochen kam.

»Das Themse-Hochwasser im Jahre 1928 forderte 14 Todesopfer. Grau und aufgedunsen waren die Leichen, als man sie aus dem Fluss zog«, verkündete die Frau mit dem strengen Blick so laut, dass alle sie hörten.

»Wer ist das denn um Himmels willen?«, polterte Premierminister Falcon wütend. Er war offensichtlich nicht begeistert über den Besucherstrom in seinem Büro.

»Das hier ist meine Kollegin, Schwester Maidenkirk. Ein tolles Frauenzimmer, aber leider erzählt sie so gut wie nie was Positives. Eine Horrorgeschichte folgt auf die nächste«, erklärte Hammett.

»Charmantes Völkchen, ihr Amerikaner«, grummelte der Premier sarkastisch, während er den bunten Haufen musterte. »Nun denn, sofern keine weiteren Besucher im Schrank lauern, würde ich vorschlagen, wir widmen uns der viel dringlicheren Problematik?!«

Randolph nickte und fuhr mit seinen Ausführungen fort. »Als wir Agentin Mitfords Freunde und Kollegen im Büro für Jugendspionage befragten, erfuhren wir, dass sie eine passionierte Umweltschützerin ist, die vom Versagen unserer Regierung zunehmend enttäuscht ist. Zum Beispiel von der Unfähigkeit, Gesetze auf den Weg zu bringen, welche den Erhalt der englischen Landschaftsschutzgebiete garantieren. Und da nächste Woche eine Initiative vor das Parlament kommt, die das Bohren nach Öl in Naturschutzgebieten zulassen soll, befürchten wir, dass sie vorhat, ausgewählte Abgeordnete mit dem LIQ-30 in Kontakt zu bringen, um die Abstimmung in ihrem Sinn zu beeinflussen.«

»Denn wie Sie sich sicher vorstellen können: Je wirrer eine Person im Kopf ist, umso leichter ist sie zu manipulieren«, fügte der Premierminister hinzu.

»Glauben Sie mir, davon kann ich ein Lied singen«, sagte Shelley mit einer Geste in Jonathans Richtung. »Ich habe zusehen müssen, wie der da sich von den Eichhörnchen im Park hat manipulieren lassen. Sie haben ihm auch noch das letzte Stück Popcorn aus der Tasche gezogen. Das war erbärmlich.«

»Wenn das LIQ-30 erst einmal vom Labor in die Außenwelt gelangt, gibt es kein Zurück mehr. Dann haben wir es mit einer Seuche zu tun, die zerstörerischer ist als alles, was es bisher gab: Eine Seuche, die die Intelligenz überdeckt«, fuhr Premierminister Falcon fort, ohne auch nur im Geringsten auf Shelleys Bemerkung zu achten.

»Keine Sorge, PM, wir sind an der Sache dran«, brabbelte Shelley und streckte die Arme aus. »Sollen wir unsere Abmachung mit einer dicken Umarmung besiegeln?«

»Ich glaube nicht«, erwiderte Premierminister Falcon eisig.

»Umarmungen haben schon so manchem Politiker von Weltrang geholfen, mit den Verletzungen der Kindheit klarzukommen.

Ein paar Sekunden in den Arm genommen werden, und schon vergessen Sie, dass Ihre Eltern sie an einer Raststätte im Yellowstone-Park zurückgelassen haben.«

»Und mit dieser peinlichen Bemerkung kommen wir dann wohl zum Ende«, verkündete Jonathan und zerrte Shelley im selben Moment vom Premierminister weg.

»Da sind wir uns einig«, sagte Randolph. »Mr Humphries, Schwester Maidenkirk, da die Agenten den Nachmittag in der Zentrale des BJS verbringen werden, glaube ich nicht, dass wir Ihre Dienste heute noch benötigen.«

»Ist dies die höfliche Art zu sagen, dass wir hier nicht ermitteln dürfen?«, erkundigte sich Hammett und steckte sich einen neuen Zahnstocher in den Mund. »Keine Sorge, wir verkraften das. Nicht wahr, Maidenkirk?«

»In der Nähe des Eingangstores lag ein toter Vogel«, sagte Schwester Maidenkirk und in ihren Augen war ein aufgeregtes Blitzen zu sehen. »Ist vermutlich gegen ein Fenster gekracht und hat sich das Genick gebrochen. Wir sollten ihn vom örtlichen Tierpräparator ausstopfen lassen – als Souvenir.«

»Ich halte es für meine Pflicht, Ihnen mitzuteilen, dass diese Frau hier gar keine richtige Krankenschwester ist. Also lassen Sie sich von ihr keine Spritzen verpassen, okay?«, flüsterte Jonathan Randolph zu.

»Alle sagen, ich würde es mir leicht machen, aber wenn das wirklich stimmt, warum tue ich mich dann so schwer?«

Stella Klewans-Duboz, 14, New Orleans, Louisiana

22. Oktober, 11:03 Uhr, BJS-Zentrale, London, England

Kalt. Steril. Hightech. Das war Jonathans und Shelleys erster Eindruck von der fast leeren Eingangshalle des Büros für Jugendspionage.

»Agenten 2397 und 2398 melden sich zur Stelle«, sagte Randolph zu einem der Wachleute, die in Hab-Acht-Haltung dastanden.

»Folgen Sie mir«, blaffte ein grimmiger Kerl und führte die Kinder zu zwei riesigen Kästen aus Metall und Glas, die in der Ecke standen. »Stellt euch da rein. Wir werden euch auf Peilsender und Wanzen untersuchen und eure Gesichtszüge für die Gesichtserkennungssoftware speichern. Hier im BJS halten wir nichts von Ausweisen, die sich leicht fälschen lassen. Ein Gesicht dagegen lässt sich nicht fälschen.«

»Das nenne ich mal Hightech«, murmelte Jonathan, während sie beide in die Kästen traten.

»Das ist auf jeden Fall besser, als durch einen Kühlschrank voller Schweinewürstchen kriechen zu müssen«, bemerkte Shelley, die damit auf das Hauptquartier des Clubs der Unsichtbaren Spione gleich hinter Randys Hotdog Palast anspielte.

Nachdem man die Kinder gescannt hatte, führte Randolph sie zu einer Tür mit der Aufschrift SÜDLICHER FLUR, wobei er erklärte: »Abtrünnige Agenten sind immer schlecht für die Arbeitsmoral der anderen. Daher hielten wir es für das Beste, unsere zentrale Kommandostelle woanders einzurichten. Schließlich wollen wir nicht allen unter die Nase reiben, dass Agentin Mitford uns verraten hat.«

»Vielleicht geht es ja nur mir so, aber so ein Verrat hebt meine Stimmung. Weil ich mich dann selbst besser fühle. Zum Beispiel kommt es mir nicht mehr ganz so schlimm vor, dass ich beim Mathe-Test von Stefan Lindeman abgeschrieben habe und trotzdem durchgefallen bin«, brabbelte Shelley.

Jonathan grinste erleichtert, weil Randolph Shelleys Stimme über das pulsierende Hintergrundrauschen in der Eingangshalle nicht hören konnte. Das Rauschen war eine reine Sicherheitsmaßnahme, damit die Agenten keine Gespräche belauschen konnten.

»Es ist recht einfach, muss aber genügen«, stellte Randolph fest, als er die Tür zu einem miefigen, fensterlosen Raum am Ende eines Flurs öffnete. Er war mit grauem Teppich ausgelegt, und abgesehen von ein paar Schreibtischen gab es nur noch einen Stadtplan von London.

»Es arbeiten also nur Shelley und ich an diesem Fall?«, erkundigte sich Jonathan, der sich in dem fast leeren Zimmer umsah. »Denken Sie wirklich, dass das eine gute Idee ist?«

Shelley räusperte sich und packte Randolph am Arm, damit er ihr auch ja zuhörte. »Bitte achten Sie nicht auf meinen Partner. Diese scheinbare Unsicherheit ist Teil seiner Tarnung.«

Jonathan seufzte und dachte: *Wenn es nur so wäre.*

»Keine Sorge. Die anderen sind schon auf dem Weg«, antwortete Randolph auf Jonathans Frage. »In Anbetracht eurer Vorgeschichte hat Präsident Arons darum gebeten, man möge keinen von den anderen BJS-Agenten darüber informieren, dass ihr Mitglieder des Clubs der Unsichtbaren Spione seid, mit Ausnahme von Vera und Felix, versteht sich, mit denen ihr ja in Amerika bereits zusammengearbeitet habt. Wir haben dem Team daher erzählt, dass ihr Spione aus den USA seid – nicht mehr und nicht weniger.«

»Verstanden. Also mit was für technischen Spielereien werden Sie uns ausstatten? Denn ich bin der totale Technikfreak«, prahlte Shelley, während Jonathan wieder einmal den Kopf schüttelte.

»Nachdem wir eure Akten eingesehen hatten, haben wir beschlossen, euren Kontakt mit technologischen Hilfsmitteln zu begrenzen. Um ehrlich zu sein, waren wir anfangs nicht einmal sicher, ob wir euch Handys zur Verfügung stellen sollten«, erklärte Randolph und bedeutete den beiden mit einer Geste, Platz zu nehmen.

»Ich kann hier nur Vermummungen anstellen, aber es war wegen unseres Akzents, nicht wahr? Sie wollten sich am Telefon nicht mit uns Amerikanern unterhalten.«

»Shells, es heißt *Vermutungen* anstellen, nicht Vermummungen«, korrigierte Jonathan sie.

»Nein, nein, es heißt Vermummung, denn es ist ja schwer, etwas zu erkennen, das vermummt ist«, erläuterte Shelley.

»Tut mir leid, aber Jonathan hat in dem Fall recht. Und ich kann euch versichern, das Problem war nicht euer Akzent, sondern die Aufzeichnungen über euch«, stellte Randolph fest, der gerade eine Datei auf seinem iPad aufrief. »Wie es aussieht, hast du, Shelley, alles in allem 18 Telefone verloren, 12 davon Festnetzapparate.«

»Wissen Sie, ich würde Ihnen ja gerne widersprechen. Aber irgendwie kommt mir das bekannt vor«, gab Shelley zu.

»Und was dich angeht, Jonathan. Du hast in deinem Leben erst zwei Telefone zerstört. Doch beide Male kam es zu einem größeren Brand. Ich glaube, beim ersten Mal hast du eine Scheibe Toast in die Tasche gesteckt und das Handy in den Toaster ...«

»Und das zweite Mal einen Tiefkühlburrito in meinen Rucksack und das Telefon in die Mikrowelle«, fiel Jonathan ihm ins Wort.

»Es grenzt an ein Wunder, dass ich die da oben überzeugen konnte, euch beide mit Handys auszustatten«, sagte Randolph.

Da wurden Jonathan und Shelley durch das Geräusch einer sich öffnenden Tür abgelenkt.

Souverän, auffallend und außergewöhnlich – das war Shelleys erster Eindruck von dem Agenten-Trio, das nun ins Zimmer kam. Alles an ihnen, wie sie gingen, wie sie angezogen waren, wie sie sich hinstellten, vermittelte das Gefühl, dass man es hier mit der Crème de la Crème der Spionage zu tun hatte. Die schwache Stimme in Shelleys Hinterkopf, die sie sonst krampfhaft überhörte, meldete sich nun unvermittelt zu Wort.

Diese Kids wissen, was sie tun! Lauf! Flieh, so schnell du kannst! Die durchschauen dich sofort!

Doch gerade als Shelley die Beine in die Hand nehmen und ohne lange Erklärungen abhauen wollte, machte sich eine andere Stimme bemerkbar. Nur dass diese Stimme es mit der Wahrheit nicht so genau nahm. Sie vermittelte Shelley das Gefühl, wichtig, stark und selbstbewusst zu sein. Ein Adrenalinstoß jagte durch ihren Körper, während sie der Stimme lauschte, wie sie ihre vielen »Talente« aufzählte.

Beste Welpenknuddlerin der USA, erfahrene Testesserin für koreanische Gerichte, Break-Dancerin, Luftgitarrenmeisterin, schnarchfreie Schläferin …

»Wo stecken denn Vera und Felix?«, wollte Jonathan wissen, der den Blick über die fremden Gesichter wandern ließ.

»Leider mussten sie einen kurzen Abstecher in die ländliche Mongolei machen. Sie sind unsere einzigen Agenten, die den Chalcha-Dialekt fließend beherrschen. Also hatten wir keine Wahl, wir mussten die beiden schicken«, sagte Randolph.

»Wie schade! Ich hatte mich ja so gefreut, das gute alte *Veralein* und *Feli* wiederzusehen«, sagte Shelley, die sich nun den drei Agenten zuwandte. »Wir hatten letzte Woche eine echt irre Zeit mit den beiden. Hört euch das mal an, Leute ...«

»Shells, das war eine streng geheime Mission, und das bedeutet, dass wir nie, nie, nie ein Wort darüber verlieren dürfen«, bemerkte Jonathan mit hochgezogenen Augenbrauen, damit die Botschaft auch ja ankam.

»Ähm, weiß ich doch, Johno«, überspielte Shelley ihren Fehler, allerdings wenig überzeugend. »Wenn du mich den Satz zu Ende führen hättest lassen, hätte ich gesagt: ›*Hört euch das mal an, Leute ... wenn wir alle tot und begraben sind ... denn wenn wir erst Geister sind, spielen solche Sicherheitsverstöße keine Rolle mehr.*‹«

»Da ihr sehr wahrscheinlich erst in ferner Zukunft sterben werdet – auch wenn man das in unserer Berufssparte nie so genau wissen kann –, dürfte ich wohl vorschlagen, dass wir mit der Vorstellungsrunde fortfahren«, sagte Randolph und deutete auf ein zierliches rothaariges Mädchen in einem blau-gelb karierten Kleid. »Jonathan, Shelley, darf ich euch Hattie Fleming vorstellen.«

»Guten Tag, junge Dame und junger Herr, sehr erfreut, eure Bekanntschaft zu machen«, trug das Mädchen in sachlichem, formellem Ton vor. »Wie ihr bald schon merken werdet, bin ich eine Technologieexpertin, die dennoch die einfachen Dinge des Lebens zu schätzen weiß, so wie ein köstliches Gurkensandwich oder das Tontaubenschießen am Wochenende.«

»Da ich seit Kurzem Vegetarierin bin, bin ich gegen das Töten von Tauben«, verkündete Shelley und sah Hattie mit zusammengekniffenen Augen an.

»So lange kann das ja nicht her sein? Schließlich hattest du erst zum Frühstück ein Eier-Wurst-Sandwich mit extra viel Speck«, rief Jonathan ihr in Erinnerung.

»Verdammt! Jedes Mal, wenn ich Hunger habe, vergesse ich, dass ich Vegetarierin bin«, klagte Shelley und zog einen Schmollmund. »Doch in Anbetracht dessen, was ich da eben gehört habe, halte ich es für das Beste, dass ich meinen Tauben-Töten-Kommentar zurückziehe ... als hätte ich das nie gesagt ...«

»Es geht um *Ton*tauben, nicht um richtige Tauben. Du kennst doch wohl den Unterschied?«, fragte Hattie.

»Noch ein Grund, weshalb ich froh sein kann, dass ich meinen Kommentar von vorhin zurückgezogen habe, du *Nicht*-Töterin von Tauben«, sagte Shelley. »Und nur damit ihr Bescheid wisst, Jonathan hasst Gurkensandwiches.«

»Man gewöhnt sich an sie«, fügte Jonathan leise hinzu. »Ein bisschen wie an verschimmeltes Obst.«

Nach einigen Sekunden, in denen alle einander betreten anstarrten, deutete Randolph auf einen Jungen in einem beigen Cordanzug. Er hatte einen dunkelbraunen Teint und schwarze Locken, die seinen Kopf größer erscheinen ließen.

»Dieser junge Mann hier ist Oliver Lakeshore, aber er zieht es vor, Oli genannt zu werden.«

Der Junge nickte Jonathan und Shelley zur Begrüßung zu, dann räusperte er sich.

»Ich bin Historiker, was sehr hilfreich ist auf unserem Gebiet, denn, um es mit den Worten des Philosophen George Santayana zu sagen: ›Diejenigen, die sich an die Geschichte nicht erinnern, sind dazu verdammt, sie zu wiederholen‹.«

»Und wer andauernd andere Leute zitiert, ist dazu verdammt, andere fürchterlich zu langweilen«, schnaubte nun der extrem hochgewachsene und muskulöse blonde Junge, der der Letzte in der Reihe war. »Ich meine, mal im Ernst? Ein Spion, der gleichzeitig Historiker ist? Ist doch total lächerlich!«

»Der Premierminister ist da anderer Meinung«, erwiderte Oli mit erhobener Stimme.

»Und das ist unser Experte in Sachen Biochemie, Darwin Chapman. Zu gleichen Teilen Intelligenzbestie und Nervensäge«, warf Randolph ein.

»Komm schon, Beißerchen, so schlimm bin ich nun auch wieder nicht«, sagte Darwin mit einem durchtriebenen Grinsen im Gesicht.

»Nenn mich nicht ›Beißerchen‹!«, fauchte Randolph.

»Und du fandest es schon schlimm, als ich den Premierminister PM genannt habe«, flüsterte Shelley Jonathan zu.

»Ach, machen Sie kein solches Drama draus. Ich nenne Sie ja nicht ›Äuglein‹ oder so«, fuhr Darwin fort.

»In meiner Kindheit bekam man noch keine Zahnspangen«, stellte Randolph ungeduldig fest.

»Und was sind eure besonderen Fähigkeiten?«, wollte Darwin von Jonathan und Shelley wissen, trat auf die beiden zu und baute sich vor ihnen auf.

»Mah-Jongg!«, rief Shelley, ohne nachzudenken. »Und Backgammon«, sagte sie und deutete auf Jonathan.

Darwin schüttelte den Kopf und lachte. »Ihr zwei seid also Experten für Alte-Leute-Spiele? Warum in aller Welt sollten wir euch beide brauchen, um Nina zu finden?«

»Dar? Darf ich dich Dar nennen? Oder würdest du Winnie vorziehen?«, erkundigte sich Shelley.

»Ich würde *Darwin* vorziehen, denn so heiße ich.«

»Wie es aussieht, gibt es da so einiges, was ihr über Nina nicht wisst. Sie ist nämlich eine passionierte und sehr talentierte Mah-Jongg- und Backgammon-Spielerin.«

»Und Umweltaktivistin«, sagte Jonathan, der Shelley jetzt einmal kräftig zwickte, damit sie endlich mit dem ewigen Schwindeln aufhörte.

»Nun denn«, ging Randolph lautstark dazwischen, »wenn wir

dann mit der Vorstellungsrunde fertig wären, hätte ich gerne ein Update, was die Agentin Mitford betrifft.«

Hattie hob die linke Hand, die in einem blütenweißen Handschuh steckte, um den anderen zu zeigen, dass sie gern als Erste das Wort ergriff. »Komischer Vogel, diese Nina. Sie benutzt den Namen des Nachbarkaninchens als Passwort für ihr E-Mail-Konto, und dabei wissen wir doch alle, dass sie Kaninchen gar nicht mag. Nicht dass ein besonders schweres Passwort nötig gewesen wäre. Bei ihr gibt es ja nichts, das sich zu schützen lohnt. Das gesamte Konto wurde gelöscht, mit Ausnahme einiger E-Mails von ihrer Großmutter, die nach Kuchen aus einer hiesigen Bäckerei verlangt«, beendete Hattie ihren Bericht mit einem verächtlichen Schnauben. »Eine Schande, findet ihr nicht? Eine Oma, die nicht selber backen kann.«

Randolph ergriff nun das Wort, da er spürte, dass Hattie sonst mit ihrer Hasstirade gegen Nina weitermachen würde. »Und Agentin Mitfords Zimmer im Internat?«

»Sackgasse. Keine Überreste von Sprengstoff. Keine interessanten Apparaturen. Nur ein paar Farne und einige Fotos«, beantwortete Darwin die Frage.

»Und ihr Handy?«, fragte Randolph weiter.

»Abgeschaltet«, mischte Oli sich jetzt ein, da er sich offensichtlich auch an dem Briefing beteiligen wollte.

»Wir haben an den Flughäfen Heathrow, Gatwick und London City Gesichtserkennungssoftware installieren lassen, nur für den unwahrscheinlichen Fall, dass sie mit einem gefälschten Ausweis außer Landes fliehen will«, erklärte Hattie.

»Und was sollen wir jetzt tun?«, erkundigte sich Jonathan.

»Wir warten ab«, erwiderte Randolph.

»Mit den Worten von William Faulkner, ›Selbst das Warten hat irgendwann ein Ende … wenn man nur lange genug wartet‹«, zitierte Oli mit dramatischer Geste.

»Vergesst das Warten – die eigentliche Frage ist: Hat das mit dem Zitieren auch mal ein Ende?«, grummelte Darwin.

»Ich muss zugeben, es ist ein klein wenig ermüdend, Oli«, pflichtete Hattie ihm leise bei.

»Du meinst, so wie deine Geschichten über die Herstellung von Blutwurst und Yorkshire Pudding?«, feuerte Oli zurück.

»Lieber Junge, dir ist offenbar entgangen, dass Blutwurst und Yorkshire Pudding ein wichtiger Bestandteil der britischen Kultur sind! Was kommt als Nächstes? Dass du was gegen Tee sagst?«

»Wenn die miteinander immer so umspringen«, raunte Jonathan Shelley zu, »was machen die dann wohl mit uns?«

»Manchmal frage ich mich, was andere Leute von mir denken, doch dann fällt mir wieder ein, dass sie mich gar nicht wahrnehmen.«

Tag Heren, 9, Montgomery, Alabama

22. Oktober, 16:07 Uhr, Claridge's Hotel, London, England

»Hübsch, nicht wahr?«, sagte Hattie, als die fünf jungen Spione das Foyer des berühmten Londoner Claridge's Hotel betraten. »Höchst beeindruckendes Etablissement. Hier serviert man schon seit mehr als einem Jahrhundert den traditionellen englischen Nachmittagstee.«

»Während des Zweiten Weltkriegs logierten hier die Könige von Norwegen, Griechenland und Jugoslawien. Tatsächlich ging Premierminister Winston Churchill so weit, Zimmer 212 zu jugoslawischem Territorium zu erklären, damit Kronprinz Alexander der Zweite in seinem ›eigenen Land‹ zur Welt kommen konnte«, erklärte Oli, während Darwin so tat, als würde er schnarchen.

»Tut mir leid«, sagte Darwin und legte die Hand auf Olis Schulter, »aber das Einzige, was noch ermüdender ist als deine Vorliebe für historische Banalitäten, ist Hatties fixe Idee vom Unterschied zwischen Streichrahm und Schlagrahm.«

»Ein Engländer, der den Unterschied zwischen Streichrahm und Schlagrahm nicht kennt, ist kein echter Engländer«, stellte Hattie entschieden fest, ehe sie zur anderen Seite des Raums deutete. »Ich habe den Tisch in der Ecke reserviert, damit wir ungestört sind.«

»So läuft das also bei euch BJS-Agenten«, kommentierte Shelley, als sie zu dem prächtig gedeckten Tisch gelangten, mit dem auf Hochglanz polierten Tafelsilber und den handbemalten Tellern. »Daran könnte ich mich gewöhnen.«

»Da dies eure erste Reise nach London ist, haben wir uns überlegt, ob ihr euch vielleicht ein paar Sehenswürdigkeiten anschauen wollt«, sagte Darwin in dem Moment, in dem eine Etagere mit Sandwiches ohne Rinde, Scones, verschiedenen Marmeladen und Streichrahm serviert wurde.

»Vielen Dank«, sagte Jonathan, der sich unsicher war, wie er das Agenten-Trio einschätzen sollte. Innerhalb kurzer Zeit hatten die ein besonderes Talent für gegenseitige Beleidigungen an den Tag gelegt und gleichzeitig für außergewöhnlich gute Manieren.

»Ich hasse Lügen und kann mich schlecht verstellen ...«, setzte Shelley an.

»Und trotzdem tust du es immer wieder«, murmelte Jonathan dazwischen.

»Ich bin ein klein wenig enttäuscht, dass es keinen Möhrenkuchen gibt. Den mögen wir am liebsten«, sagte Shelley.

»Sonderbar, dass du ausgerechnet Möhrenkuchen erwähnst ... Nina liebt Möhrenkuchen. Letztes Jahr hat sie sogar einen mit in die Zentrale gebracht, um ihren Geburtstag zu feiern«, fügte Darwin hinzu, bevor er sich nach Hattie umsah, um ihre Bestätigung zu bekommen.

»Ein gar köstlicher Kuchen. Sehr saftig«, versicherte Hattie.

»Ihr kanntet Nina also gut?«, erkundigte sich Jonathan, um sich sogleich die verbliebene Hälfte eines Sandwichs in den Mund zu stopfen.

»Wir wurden alle innerhalb weniger Monate rekrutiert und haben unsere Ausbildung zusammen absolviert. Wir rackerten uns gemeinsam ab bei unseren ersten Aufträgen«, antwortete Darwin. Dann wandte er sich an Oli. »Wie lange ist das jetzt her?«

»Fast drei Jahre.«

»Und ihr habt nichts von alldem geahnt?«, wollte Shelley wissen, die sich insgeheim diebisch darüber freute, dass diesen Spionage-Wunderkindern offenbar sämtliche Anzeichen entgangen waren.

»›Wenn Menschen reden, höre ihnen gut zu. Die meisten Menschen hören nie richtig zu.‹ Ernest Hemingway. Das soll heißen: Vielleicht haben wir nicht genau zugehört, nicht so, wie wir es hätten tun sollen«, gab Oli zu.

»Das arme Ding. Sie zog los, um die Welt zu verändern, und am Ende war die Welt es, die *sie* veränderte«, sagte Hattie, während Darwin dem Ober bedeutete, die Rechnung zu bringen.

»Wenn ihr Zeit habt, würden wir euch gerne ein paar Plätze zeigen«, teilte Darwin Jonathan und Shelley mit. »Das könnte euch vielleicht helfen zu verstehen, wie und wann Nina auf Abwege geriet.«

22. Oktober, 16:49 Uhr, Straße in London, England

In einer schmalen Einbahnstraße, gesäumt von kleinen Häusern, die in den unterschiedlichsten Farben von Hellrosa bis Himmelblau gestrichen waren, blieb Darwin stehen und winkte Jonathan und Shelley zu sich.

»Ich weiß ja, dass es den Osterhasen in Wirklichkeit nicht gibt …«, flüsterte Shelley Jonathan gerade zu.

»Du willst mir was vom Osterhasen erzählen?«, fragte Jonathan ungläubig, weil er nicht wusste, wie sie auf dieses Thema kam.

»Aber wenn es ihn wirklich geben würde und er in London wohnen würde, dann garantiert hier«, sagte Shelley und zeigte auf die bonbonfarbenen Häuschen.

»Noch näher«, beharrte Darwin, der Jonathan und Shelley

nun so dicht an sich heranzog, dass die beiden für einen kurzen Moment wie geblendet waren von den perfekt geraden und schneeweißen Zähnen des Jungen. »Bei Nina wurde, wie bei uns anderen auch, der Frust immer größer, weil wir ständig tatenlos zusehen müssen, wie Verbrechen begangen werden. Und warum? Weil die Polizei, Scotland Yard, das BJS – weil wir nicht die Macht haben, Leute aufzuhalten, bevor sie ein Verbrechen begehen, jedenfalls nicht ohne einen Haufen belastende Beweise vorzulegen. Stattdessen warten wir ab, bis alles schiefläuft, um dann auf den Plan zu treten und alles in Ordnung zu bringen.«

»Nehmen wir Nummer 44 zum Beispiel«, sagte Oli, der an den Ärmeln seiner Cordjacke zog. »Ein Mann namens Victor Welsh hat früher einmal hier gewohnt. Er war geschieden und führte einen verbitterten Kampf um das Sorgerecht. Seine Frau rief fünfmal die Polizei und wies darauf hin, dass er vorhabe, das Kind zu entführen. Doch die konnte nichts dagegen tun, da es ihnen an konkreten Hinweisen fehlte. Zwei Tage nach dem letzten Anruf der Mutter verschwand Victor mit der gemeinsamen Tochter. Und sieben Monate später haben wir immer noch keine Ahnung, wo der Kerl steckt.«

»So ein schrecklicher, gemeiner Zeitgenosse«, bemerkte Hattie, während sie ein zerknülltes Taschentuch aus dem Ärmel ihres Kleides zog und sich über die Augen tupfte. »Am liebsten würde ich ihn durch den Fleischwolf drehen, für das, was er dieser armen Frau und dem Kind angetan hat.«

Jonathan starrte Hattie mit gerunzelter Stirn an. »Ich verstehe das nicht.«

Diesen Satz hatte er in seinem Leben schon viele Male geäußert, doch dieses Mal fühlte es sich anders an. Die Geschichte war so heftig, dass sie ihn runterzog.

»Wie könnt ihr dastehen und zusehen, wie jemand ein Kind entführt?«

»So will es nun mal das Gesetz. Man kann niemanden allein aufgrund eines Verdachts oder eines Bauchgefühls festnehmen. Dazu braucht es schon handfeste Beweise«, erklärte Oli.

»Der nächste Fall war Nina ein besonders großes Anliegen«, verkündete Darwin, als er um die Ecke bog und auf einen tadellos gepflegten Platz trat. »Der CEO von Felton Oil wohnt hier. Einer der reichsten Männer Englands. Und das aus gutem Grund. Er ist ein totaler Geizhals. Um einen Cent zu sparen, würde er alles tun.«

»Ein wirklich schlimmer Mensch!«, fauchte Hattie. »Der hat schon ganze Ökosysteme zerstört. Und alles nur, weil er dachte, ein kaputter alter Öltanker könnte noch eine letzte Fahrt schaffen. Ging natürlich schief. Und schon sah man Mr Felton im Fernsehen, wie er sich für den schrecklichen Unfall entschuldigte. Unfall? Wohl kaum! Jeder, der auch nur halbwegs bei Verstand ist, wusste, dass dieser Tanker es mit einer Wahrscheinlichkeit von weniger als zwanzig Prozent ohne Schiffbruch über den Atlantik schaffen würde.«

»Es ist nicht zu leugnen, dass die schwere Last der Beweise nicht nur der beste Freund des Unschuldigen, sondern auch des Verbrechers ist«, fügte Oli hinzu.

»Wir sind zwar nicht mit Ninas Vorgehen einverstanden, aber wir können ihren Frust nachvollziehen«, erläuterte Darwin weiter. »Schließlich scheint es, als würden die bösen Jungs heutzutage immer öfter gewinnen.«

»Vielleicht hat Nina ja recht: Vielleicht sollte jemand das Gesetz in die eigene Hand nehmen«, überlegte Shelley laut, was dazu führte, dass Oli, Darwin und Hattie hastig Blicke wechselten.

»Glaubst du das ernsthaft?«, erkundigte sich Darwin bei Shelley. »Der Zweck heiligt die Mittel?«

»Nein, das glaube ich nicht«, antwortete Shelley schließlich. »Wenn jeder das Gesetz in die eigene Hand nähme, würde die Welt im totalen Chaos versinken.«

Darwin nickte und lächelte verhalten. »Gut zu hören. Einen Sekundenbruchteil dachte ich schon, wir hätten es mit einer zweiten Nina zu tun.«

Wäre Shelley nicht so dicht neben Darwin gestanden (die Voraussetzung, dass man sie überhaupt hörte), wäre ihr vielleicht entgangen, dass das Lächeln des Jungen nicht bis zu seinen Augen reichte. Etwas an seiner Reaktion stimmte nicht und das bereitete Shelley Magengrummeln. Doch bevor sie herausfinden konnte, was das zu bedeuten hatte, mischte Oli sich wieder ein.

»Wie ihr euch jetzt sehr wahrscheinlich denken könnt, kennen wir Nina sehr gut, und das bedeutet, dass wir sie fassen und aufhalten werden«, stellte Oli voller Zuversicht fest.

»Aber wir arbeiten lieber allein«, warf Darwin unverblümt dazwischen. »Das hat nichts mit euch persönlich zu tun, versprochen.«

Es fühlt sich aber sehr persönlich an, dachte Jonathan. Wie war es möglich, dass man sie als Spione zurückwies, obwohl sie mit ihrer Arbeit noch überhaupt nicht begonnen hatten?

»Außerdem gibt es hier in London so viele wunderbare Sehenswürdigkeiten – Big Ben, das Parlamentsgebäude, die National Gallery. Warum solltet ihr euch die Reise mit Arbeit vermiesen? Wir kriegen das gut ohne euch beide hin, wenn Randolph uns hilft«, schob Hattie hinterher.

Shelley riss sich die Brille von der Nase und schüttelte vehement den Kopf. »Keine Chance! Wenn man uns einen Auftrag erteilt, kann uns nichts aufhalten. Außer vielleicht ein Tsunami oder wenn wir ins Koma fallen oder ins Gefängnis gesperrt werden …«

»Irgendwas an euch beiden ist doch faul«, unterbrach Darwin sie. »Ich kann nicht genau sagen, was es ist, aber ihr seid nicht wie die anderen Agenten, die wir so kennen.«

Jonathan und Shelley starrten Darwin an, während sie im Stillen ihre Möglichkeiten durchgingen. Die Wahrheit sagen stand natürlich nicht zur Debatte, da Präsident Arons ausdrücklich verboten hatte, über den Club der Unsichtbaren Spione zu sprechen. Dennoch war es nahezu unmöglich, ihre Unfähigkeit und die mangelnde Ausbildung zu vertuschen.

»Interessant …«, zögerte Shelley ihre Antwort hinaus und rieb sich das Kinn. »Wir sind also nicht wie andere Agenten? Inwiefern denn?«

»Ihr beide habt etwas an euch, das nach totaler Unfähigkeit riecht. Ich würde fast behaupten, ihr seid die Neville Chamberlains der Spionage«, verkündete Oli und bekam einen Lachkrampf, in den auch Darwin und Hattie mit einstimmten.

Shelley, wie immer erpicht darauf, dazuzugehören, fiel sofort in das laute Gelächter mit ein. Doch kaum tat sie das, verstummte das Trio abrupt.

Oli beugte sich vor, verharrte wenige Zentimeter vor Shelleys verschmierter Brille und fragte: »Kann ich tatsächlich davon ausgehen, dass du *weißt,* wer Neville Chamberlain ist?«

Shelley sah Oli an, rollte mit den Augen und erwiderte voller Selbstbewusstsein: »Shelley Brown weiß alles über Neville Chamberlain.«

Jonathan zog die Augenbrauen zusammen, auf seiner Oberlippe hatte sich Schweiß gesammelt. Er tat das Einzige, was ihm in dem Moment einfiel – er seufzte vernehmlich.

»Na, dann schieß mal los«, forderte Darwin Shelley auf. »Was hast du über Mr Chamberlain zu sagen?«

Wieder meldete sich diese zweifelnde Stimme in Shelleys

Kopf: *Lauf! Verschwinde von hier! Sie wissen Bescheid, dass du eine Hochstaplerin bist!*

Ihr selbstbewusstes Ich entgegnete: *Wage es bloß nicht, wegzurennen! Du schaffst das! Du bist so was wie ein wandelndes Genie!*

Nachdem sie die Hand vor die Stirn geschlagen hatte, stahl sich ein debiles Grinsen auf ihr Gesicht.

»Moment, als ich Shelley Brown sagte, dachtet ihr, ich rede von mir? Verstehe, das ist ein bisschen verwirrend, aber ich habe eigentlich meine Geschichtslehrerin aus der vierten Klasse gemeint. Die heißt zufällig auch Shelley Brown. Was soll ich sagen? Ist nun mal ein beliebter Name.«

»Tut mir leid, aber da komme ich nicht mehr mit. Wenn du gar nicht von dir selbst gesprochen hast, als du sagtest, ›Shelley Brown weiß alles über Neville Chamberlain‹, warum hast du dann gelacht?«, wollte Hattie wissen.

»Bist wohl eine echte Spürnase, wie?«, fragte Shelley mit einem angestrengten Lächeln.

»Mein liebes Mädchen, du hast wohl vergessen, dass ich Agentin bin?«, gab Hattie zurück.

»Meine Mutter sagt immer, wenn mein Gehirn ein Käse wäre, dann wäre es sicher Emmentaler, wegen der vielen Löcher«, schwafelte Shelley ungeschickt herum, während sie krampfhaft nach einer Möglichkeit suchte, dieses Gespräch zu beenden.

»Du hast immer noch nicht erklärt, warum du gelacht hast«, ging Darwin dazwischen.

»So was nennt man ... ›vorauseilendes Lachen‹. Nach dem Motto, ich lache jetzt, damit ich später, wenn ich den Witz kapiere, keine Zeit mehr mit Lachen verschwenden muss«, erklärte Shelley.

»Das vorauseilende Lachen ist bei uns in den USA sehr beliebt«, flunkerte Jonathan, um Shelley kurz darauf zuzuflüstern: »Ich bin mir so gut wie sicher, dass Neville Chamberlain eine Figur aus *Harry Potter* ist.«

»Der Typ heißt Neville Longbottom! Das weiß ja selbst ich«, raunte Shelley zurück.

»Neville Chamberlain war Großbritanniens unfähigster Premierminister, der größte Versager von allen. Er ist der Mann, der sich bekanntermaßen vor dem Zweiten Weltkrieg für eine Beschwichtigungspolitik bezüglich Hitler einsetzte«, erläuterte Oli.

»Von Hitler habt ihr schon mal gehört, oder?«, hakte Darwin mit dem für ihn typischen verschlagenen Grinsen nach.

»Ja, klar!«, antworteten Jonathan und Shelley wie aus einem Munde.

»Bestens. Einen kurzen Augenblick kam mir schon der Verdacht, dass Brillenschlange und Khakihose totale Dummköpfe sein könnten«, entgegnete Darwin. »Weil mit Versagern geben wir uns nicht ab.«

»Wir auch nicht«, bestätigte Shelley.

»Und ihr seid euch ganz sicher, dass ihr der Aufgabe gewachsen seid?«, fragte Oli.

»Ich würde sagen, wir sind uns *so gut wie* sicher«, konterte Jonathan.

»Na schön, sehr gut. Wir haben keine Zeit zu verlieren. Am besten starten wir in der Downing Street – ist ein kleiner Fußmarsch von hier«, sagte Hattie und führte die Meute die Straße hinunter.

22. Oktober, 18:03 Uhr, Straße in London, England

»Ihr müsst wissen, es war an einem Sonntag Mitte November … Das ist natürlich die allerbeste Zeit für Rebhühner … Da haben die Tiere Hauptsaison«, erklärte Hattie, während sie neben Jonathan herlief, die anderen dicht hinter ihnen.

»Entschuldige, was für eine Saison?«, hakte Jonathan nach.

»Rebhuhn-Saison. Du willst mir aber nicht ernsthaft erzählen, du hättest noch nie was von der Rebhuhn-Saison gehört, oder?«

»Leider bin ich nur mit den normalen Jahreszeiten vertraut – Sommer, Herbst, Winter und Frühling«, antwortete Jonathan aufrichtig.

»Die Rebhuhn-Saison, nicht zu verwechseln mit der Fasanen- oder der Moorhuhn-Saison, dauert vom 1. September bis 1. Februar«, fuhr Hattie fort.

»Entschuldige bitte, aber dürfte ich kurz unterbrechen?«, fragte Oli, der von hinten zu ihnen aufschloss.

»Ja, selbstverständlich!«, antwortete Jonathan ein klein wenig zu überschwänglich.

»Hattie, hast du gehört, was Shelley eben gesagt hat«, quiekte Oli, der seinen Lachanfall kaum im Zaum halten konnte.

»Ich weiß nicht, was die Aufregung soll. Das Sprichwort ›Das Leben steckt im Abteil‹ ist doch recht bekannt«, meinte Shelley achselzuckend.

»Das Leben steckt im *Detail«*, korrigierte Jonathan sie.

»Nein, das heißt *Abteil*. Es bedeutet, das Leben ist voller Überraschungen. Man weiß nie, was einen in einem Zugabteil erwartet«, erläuterte Shelley. Dann hielt sie inne und rieb sich das Kinn. »Obwohl, wenn ich es mir recht überlege, vielleicht heißt es doch *Detail?«*

»Die lernt es nie«, wunderte Jonathan sich für alle unüberhörbar, während die Gruppe auf das schwer bewachte Tor vor der Downing Street Nummer 10 zumarschierte.

»Wir hoffen sehr, ihr beide schlaft heute Nacht tief und fest und wohlbehütet in euren Betten«, sagte Hattie zu Jonathan und Shelley. Dann winkte sie ihnen zu und wünschte ihnen eine gute Nacht.

»*Wohlbehütet?«*, fragte Darwin. »Ist ein Agent denn je sicher?«

»Erst wenn er tot ist«, antwortete Oli, und schon verschwand das Trio in der Dunkelheit.

»Es ist nicht so, dass man mich vergessen würde. Man merkt gar nicht, dass ich existiere.«

Louie Avila, 9, Seattle, Washington

23. Oktober, 2:06 Uhr, Themse, London, England

Es war ein ungewöhnlicher Anblick: Ein Schnellboot mit fünf Kindern an Bord fuhr um kurz nach zwei in der Nacht die Themse entlang. Auf einer Bank ganz hinten im Boot saßen Jonathan und Shelley, dicht aneinandergedrängt. Der eisige Wind hatte sie bis auf die Knochen ausgekühlt. Oli und Hattie, denen die Kälte offenbar nichts ausmachte, saßen rechts und links von Darwin. Am Tower von London legte er an und machte das Boot fest. Die königliche Festung hatte schon den unterschiedlichsten Zwecken gedient: als Münzprägeanstalt, als Waffenkammer, als Gefängnis, als Folterkammer, als Hinrichtungsstätte und vieles mehr.

»Wie wir schon sagten, Nina hatte ihr Handy heute Abend

weniger als sechs Sekunden lang eingeschaltet«, erklärte Darwin, als sie aus dem Boot kletterten.

»Aber die sechs Sekunden reichten, um ihr Signal zu orten«, ergänzte Hattie und zog ein Taschentuch aus dem Ärmel. »Was für ein Ärgernis! Diese Kälte bekommt meinen Nebenhöhlen ganz und gar nicht!«

Oli stand da und starrte auf den berühmten Tower. Dabei tippte er mit dem Zeigefinger nervös gegen seine Schläfe.

»Wenn ich darüber nachdenke, ist die Sache total logisch. Erst letzte Woche habe ich gesehen, dass Nina ein Buch über Anne Boleyn las.« Dann wandte er sich an Jonathan und Shelley. »Ihr wisst vermutlich nicht, wer Anne Boleyn ist, oder?«

»Ach, wird das jetzt so was wie ein Quiz? Dass du uns nach irgendwelchen Leuten fragst?«, knurrte Jonathan. »Na toll.«

Genervt von Darwins Grinsen packte Shelley das dringende Bedürfnis, den blasierten Jungen eines Besseren zu belehren.

»Wenn du es genau wissen willst, wir sind auf Facebook befreundet.«

»Ihr seid mit Anne Boleyn auf Facebook befreundet?«, wiederholte Darwin, ehe er in unkontrolliertes Gelächter ausbrach.

Shelleys Miene verzog sich zu einer Grimasse und ihre Wangen glühten vor Scham. »Okay, na schön. Wir sind keine Facebook-Freunde. Ich werde meine Aussage zurückziehen.«

»Meine Liebe, du willst schon wieder was zurückziehen? Wie bedauerlich«, bemerkte Hattie kopfschüttelnd.

»Glaub mir, manchmal ist es einfacher, zu nicken und Dinge zu akzeptieren, statt sie zu hinterfragen«, warf Jonathan ein, ehe er einen besonders langen Seufzer ausstieß.

»Ich soll nicken und akzeptieren, dass deine Partnerin behauptet, mit Anne Boleyn, der Frau von Henry VIII, auf Facebook befreundet zu sein? Kannst du knicken«, erwiderte Darwin hochnäsig.

»Henry VIII war von 1509 bis 1547 König von England. Er ist berühmt für seine sechs Ehefrauen, von denen er zwei hinrichten ließ. Anne Boleyn war eine von ihnen. Und rein zufällig wurde ihr hier im Tower von London der Prozess gemacht, bevor sie enthauptet wurde«, erklärte Oli. »Habt ihr in den USA keinen Geschichtsunterricht?«

Jonathan und Shelley starrten Oli an, wie immer, wenn sie nicht sicher waren, was sie als Nächstes tun sollten.

»Natürlich haben wir in der Schule Geschichte«, erwiderte Jonathan schließlich. »Wir konzentrieren uns dort bloß lieber auf die USA.«

»Ganz genau!«, pflichtete Shelley ihm bei. »Wir interessieren uns nur für uns selbst. Für eure toten Könige und ihre Ehefrauen haben wir gar keine Zeit.«

»Ich unterbreche diese kleine Geschichtsstunde ja nur ungern, aber es ist jetzt knapp über eine Stunde her, seit ich Ninas Signal empfangen habe«, drängte Hattie. »Wir müssen uns sputen, sonst verlieren wir sie wieder.«

23. Oktober, 2:18 Uhr, Tower von London, London, England

Hattie, Darwin und Oli standen vor einem der Lieferanteneingänge zum Tower von London und versuchten, die Lage einzuschätzen, indem sie die Umgebung sorgfältig mit Infrarot-Ferngläsern absuchten. Zusätzlich überprüften sie ihre Handys nach Funksignalen.

»Die Luft ist rein. Da keine Wachleute zu sehen sind, können wir genauso gut gleich einbrechen«, verkündete Darwin vor versammelter Mannschaft.

»Einbrechen? Sind wir denn ohne offizielle Genehmigung hier?«, fragte Jonathan verwundert.

»Es würde viel zu lange dauern, auf Genehmigung von oben zu warten. Das wäre hirnrissig«, antwortete Darwin, als wäre nichts dabei.

»Warum nur gerate ich immer wieder in Situationen wie diese?«, murmelte Jonathan kaum hörbar vor sich hin.

»Weil du ein Spion bist«, entgegnete Shelley und packte Jonathan am Arm.

»Stimmt«, erinnerte Jonathan sich. »Ich bin ein Spion.«

»Hattie, wir brauchen den Code«, sagte Darwin und deutete auf das Tastenfeld mit den Zahlen, das am Türschloss angebracht war.

»Sieht ganz so aus«, meinte Hattie, während sie ihre Handschuhe, ihr Haarband und ihre Ohrringe abnahm, ihr Handy hervorholte und an die hundert verschiedene Ziffern eintippte.

»Erstaunlich, nicht wahr?«, flüsterte Oli Jonathan und Shelley zu. »Die redet immer nur von Streichrahm und Rebhühnern, und dabei hackt sie sich in weniger als 30 Sekunden in den Hauptrechner der Regierung.«

»Und warum nimmt Hattie dazu Handschuhe, Ohrringe und Haarband ab?«, erkundigte sich Shelley.

»Das ist so eine Marotte von ihr. Wir sind der Meinung, am besten fragt man nicht nach. Das betrifft auch ihre Vorliebe für Karomuster«, beantwortete Oli die Frage.

»Ehrlich, wie dusslig sind diese Wachleute denn?«, bemerkte Hattie, während sie die Alarmanlage deaktivierte. »Ich habe nur 22 Sekunden gebraucht, um den Code zu knacken. Die sollten sich was schämen. In Grund und Boden sollten die sich schämen.«

Kaum war der ganze Trupp durch die Tür, sahen die Kinder sich mit einem neuerlichen Hindernis konfrontiert – einem Metallgitter, das mit einem schweren Vorhängeschloss gesichert war.

»Zeit für die Bombe«, verkündete Oli und deutete auf Darwin.

»Moment – sagtest du was von einer *Bombe?«,* quiekte Jonathan verängstigt.

»Ist keine richtige Bombe – nur Sprengstoff mit geringer Lautstärke«, korrigierte Darwin Olis Worte.

»Das klingt trotzdem sehr nach Bombe«, murmelte Jonathan.

»Du brauchst keine Angst zu haben«, versicherte Oli Jonathan. »Darwin weiß, was er tut. Dinge in die Luft zu jagen, ist seine liebste Freizeitbeschäftigung.«

Der sogenannte »Sprengstoff mit geringer Lautstärke« detonierte und erzeugte ein Geräusch, vergleichbar mit dem Platzen eines Luftballons. Darauf folgte unmittelbar danach eine dicke, schwefelige Rauchwolke.

»Brillenschlange? Khaki? Seid ihr sicher, dass ihr für das hier gewappnet seid?«, hakte Darwin nach. »Nina war unsere Freundin. Es ist eher unwahrscheinlich, dass sie uns was antut. Bei euch bin ich mir nicht so sicher.«

»Um es deutlich zu sagen: Wenn sie jemanden infiziert, dann einen von euch, wenn nicht sogar euch beide«, machte Oli klar.

Der Gedanke, in Zukunft noch verwirrter und schwerer von Begriff zu sein, ließ Jonathan erstarren. Und dennoch war ihm klar, dass er sich nie verzeihen würde, wenn er jetzt kehrtmachte und sich im Boot versteckte.

»Wir kommen mit«, antwortete Jonathan leise, aber entschlossen.

»Seht ihn euch an«, sagte Shelley mit unverhohlenem Stolz und deutete auf Jonathan. »Deswegen ist dieser Junge elf Prozent der Zeit mein großer Held.«

»Und die restlichen 89 Prozent?«, wollte Hattie wissen.

»Da ist genau das Gegenteil der Fall.«

Und damit führte Darwin die Gruppe in den tiefen, dunklen Korridor, hinein in den Tower von London.

23. Oktober, 2:42 Uhr, Tower von London, London, England

Es war kalt und zugig. Feuchtigkeit und ein leicht modriger Geruch lagen in der Luft. Leise Kratzgeräusche erinnerten die Kinder daran, dass sie nicht allein waren. Eine regelrechte Parade von Nagern trippelte durch die Flure. Alles in allem war das ein nicht eben einladender Beginn ihres Weges.

»Guten Abend, Sir!«, rief Darwin laut, als er einen Wachmann erblickte, der sich ihnen in Windeseile näherte. »Sie fragen sich sicher, was wir hier wollen. Die Antwort ist recht einfach. Das geht Sie gar nichts an.«

Mit diesen Worten schleuderte er dem Mann etwas vor die Füße, das aussah wie ein mit Wasser gefüllter Ballon.

Platsch.

Der Ballon explodierte auf dem Steinfußboden, nur wenige Zentimeter von den Schuhspitzen des Wachmanns entfernt. Sekunden verstrichen. Er wankte vor und zurück. Geriet ins Stolpern. Und brach schließlich zusammen.

»CHCl3. Eine organische Verbindung, besser bekannt als Chloroform. Lässt Leute in Sekundenschnelle ohnmächtig werden«, stellte Darwin nicht ohne Stolz fest, bevor er sich an Oli wandte. »Wärst du wohl ein Gentleman und würdest ihn für mich fesseln?«

»Ihn fesseln? Ganz gewiss nicht. Ich bin Historiker, kein Verbrecher«, versetzte Oli in dramatischem Ton.

»So ein Unsinn«, sagte Hattie, sobald sie Handschuhe, Ohr-

ringe und Haarband erneut abgelegt hatte. »Ich persönlich finde es immer recht vergnüglich, Leute zu fesseln.«

»Ähm, ich vermiese euch ja nur ungern den Spaß …«, unterbrach Jonathan das Geplänkel.

»Unverschämte Lüge!«, fiel Shelley ihm ins Wort. »Jonathan liebt es, die Spaßbremse zu spielen. Das ist wohl Teil seiner Khaki-Persönlichkeit.«

»Erstens, Shelley, bin ich keine Spaßbremse. Und zweitens …«

»Jeder, der einen Satz mit ›Erstens‹ beginnt … totale Spaßbremse … keine Frage«, stellte Shelley voller Überzeugung fest.

»Was ich sagen wollte: Sind wir uns sicher, dass wir den Wachmann wirklich fesseln wollen? Was, wenn wir Hilfe brauchen mit Nina?«, erkundigte sich Jonathan.

»Das ist nicht dein Ernst! Dieses Trampel von einem Mann würde uns doch gegen Nina nichts nutzen. Sie ist ausgebildete Agentin, er ein Niemand!«, entgegnete Hattie. »Mal ehrlich, der könnte uns höchstens eine Tasse Tee besorgen. Wobei, wenn ich noch mal drüber nachdenke, bezweifle ich selbst das. Nur sehr wenige Leute wissen heutzutage noch, wie man eine *anständige* Tasse Tee zubereitet.«

»›Tee ist eine der wichtigsten Grundlagen unserer Zivilisation und die Frage nach der richtigen Art der Zubereitung sorgt für erbitterte Dispute‹«, zitierte Oli George Orwell. Er sah die anderen abwartend an, weil er sich Zustimmung von ihnen erhoffte.

»Denk dir nichts, ist ein knallharter Haufen«, flüsterte Jonathan ihm zu.

»Ich glaube, es wird das Beste sein, wenn wir uns aufteilen, damit wir ein möglichst großes Gebiet absuchen können«, verkündete Darwin, als die Gruppe sich einer Kreuzung näherte, von der vier Flure abgingen. Jeder Korridor führte in eine andere Richtung. »Obwohl, Khaki und Brillenschlange sollten zusammenbleiben. Wenn sie Nina finden, werden sie zwei Gehirne brauchen, um auch nur den Hauch einer Chance zu haben.«

»Ich will ja nicht nerven, aber der Spitzname ›Brillenschlange‹ gefällt mir nicht ganz so gut«, sagte Shelley mit einem scherzhaften Schulterzucken. »Ich habe mich immer schon mehr als ›Super-Shelley‹ oder ›Shelltastisch‹ gesehen.«

»Folgendes: Mir ist schnuppe, wie du genannt werden willst. Ich nenne dich ›Brillenschlange‹, verstanden?«, sagte Darwin und deutete auf den nächstgelegenen Flur. »Ich gehe Richtung Nordwesten.«

»Na schön. Ich übernehme den Südosten«, erklärte Hattie, ehe sie innehielt, um ihr Haarband zu richten. Dann verschwand sie in der Finsternis.

»Schätze, der Nordwesten ist auch nicht schlechter als andere Richtungen«, verkündete Oli, der sofort mit den Schatten verschmolz.

»Kein Problem, das heißt dann wohl, dass wir den … Moment, welche Richtung ist eigentlich noch übrig? Ich glaube, ich habe wieder mal eine von diesen Wortfindungsstörungen, von denen ich regelmäßig Kopfschmerzen kriege«, maulte Shelley.

»Der einzige Korridor, der noch übrig ist, ist also unserer«, sagte Jonathan. »Obwohl ... wenn ich ehrlich bin, hoffe ich sehr, dass nicht wir Nina finden.«

»Nimm diese Aussage sofort zurück, Johno! Das ist unser großer Augenblick! Jetzt können wir glänzen und diesen Bücherschlangen zeigen, aus welchem Holz wir geschnitzt sind!«

»Bücher*würmer,* nicht Schlangen«, korrigierte Jonathan seine Freundin Shelley.

»Wusste ich's doch, dass es was Glitschiges war.«

»Aber was ist, wenn Nina das LIQ-30 gegen uns einsetzt?«, fragte Jonathan sich laut. »Was passiert, wenn wir uns nicht mehr konzentrieren können? Wir wären ja noch wirrer im Kopf, als wir es ohnehin schon sind!«

»Nein, uns passiert bestimmt nichts«, schwindelte Shelley, während sie in den Korridor hineinmarschierten. »Geht es nur mir so oder wird das hier drin tatsächlich immer düsterer? Nicht dass ich Angst im Dunkeln hätte. Weil Spione sich nämlich nie vor der Dunkelheit fürchten. Oder vielleicht doch? Nein, natürlich nicht. Obwohl ich mir vorstellen könnte, dass *du* Angst im Finstern hast. Keine Sorge, ich hake mich zur Beruhigung einfach bei dir unter, damit du nicht nervös wirst.«

Jonathan verdrehte die Augen. »Danke, Shells. Dein Arm tröstet mich mehr, als du es dir vorstellen kannst.«

»Hast du das gespürt?«, jaulte Shelley auf.

»Was? Hat dich was gebissen?«

»Gebissen? Du meinst so was wie ein Vampir? Denkst du wirklich, hier gibt es Vampire?«, fragte Shelley ängstlich.

»Nein, ich meinte so was wie ein Insekt«, stellte Jonathan klar. »Vampire gibt es doch nicht in echt.«

»Ich weiß aus sicherer Quelle, dass Präsident Arons jeden Tag zwei Zehen Knoblauch isst, nur für den Fall.«

Jonathan seufzte. »Bitte erklär mir, was du mit ›sicherer Quelle‹ meinst.«

»Tja, wenn du es genau wissen willst … Moment! Was war *das?*«

»Was denn?«

»Dieser kalte Luftzug. Man könnte auch sagen, ein geisterhafter Hauch!«

»Geister, Vampire, die gibt es doch alle nicht. Abtrünnige Teenie-Spione dagegen, die gibt es sehr wohl. Also konzentrier dich gefälligst auf das Hier und Jetzt und mal dir nicht andauernd irgendwelche übersinnlichen Besucher aus«, bat Jonathan. Da legten sich zwei Hände von hinten auf seine Schultern und stießen ihn in einen Schacht.

»Shell …!«, kreischte Jonathan, doch noch bevor er ihren Namen zu Ende gesagt hatte, war sie bereits auf ihm gelandet.

Klirr! Klirr! Krach!

Und dann knallte ein Metallgitter herab und Jonathan und Shelley saßen in einem mittelalterlichen Verlies fest.

»Die Leute behaupten immer, Glück ist wichtiger als Verstand, aber was, wenn man keins von beidem hat?«

Joana Kreling, 11, Oklahoma City, Oklahoma

23. Oktober, 3:17 Uhr, Tower von London, London, England

»Nina? Oder sollte ich besser sagen, unbekannte Freundin?«, rief Shelley laut und deutlich in die Dunkelheit.

»Wenn du mit uns redest, wirst du sehen, dass wir es nicht wert sind, dass man uns einsperrt«, sagte Jonathan kurz darauf. Seine Stimme hallte im steinernen Schacht wider. Die Wände waren glatt und abgegriffen von den vielen Händen, die sich dort im Laufe der Jahrhunderte bei verzweifelten Fluchtversuchen festgekrallt hatten. »Wir sind absolut unbedeutend!«

Das Geräusch von Wasser machte Jonathan stutzig. Ganz langsam sickerten erst ein Rinnsal, dann mehrere in den Schacht. Das Wasser strömte immer stärker herab.

»Woher kommt das viele Wasser?«, jammerte Shelley. »Wir müssen das stoppen, sonst ertrinken wir!«

Gute Idee, dachte Jonathan. Nina, ein Mädchen, dem er nie zuvor begegnet war, wollte sie ertränken. Und warum? Weil sie versucht hatten, sie davon abzuhalten, mehrere Abgeordnete mit LIQ-30 zu vergiften. Dachte sie wirklich, es wäre notwendig, sie in einem feuchten Grab zu versenken? Jonathan fing an zu zittern. Er klapperte mit den Zähnen. Seine Augenlider zuckten nervös. So zeigte sein Körper, dass er gegen das Unvermeidliche kämpfte – den Tod.

Shelley sprang neben Jonathan auf und ab, während die Pfütze um ihre Füße größer und größer wurde.

»Bitte tu das nicht, Nina! Wir sind gute Menschen! Wir recyceln brav unseren Müll und bringen unsere eigenen Einkaufstüten mit in den Supermarkt!«

Eine dunkle Gestalt bewegte sich durch den Raum, huschte von Schatten zu Schatten, bis sie schließlich ganz verschwunden war.

»Nina! Komm zurück! Bitte!«, schrie Shelley, ehe sie bemerkte, dass ihr Freund mittlerweile unkontrolliert zitterte. Das Wasser ging ihnen nun schon bis übers Knie.

Wie sollen wir da bloß wieder rauskommen?, überlegte Shelley krampfhaft und raufte sich in ihrer Verzweiflung die Haare. Sie verlor die Hoffnung angesichts dieser Ausweglosigkeit.

»Ich hab's!«, brüllte Shelley plötzlich und packte Jonathan an den Schultern. »Keine Panik, ich habe einen Plan.«

Als das Wasser nach und nach auf Bauchhöhe stieg, stammelte Jonathan: »Ich w-wünschte, ich w-würde mich jetzt b-besser fühlen, a-aber normalerweise gehen d-deine P-Pläne schief.«

»Wir warten einfach ab, bis der Schacht sich mit Wasser gefüllt hat, und wenn wir dann oben schwimmen, öffnen wir das Gitter«, erklärte Shelley mit großen Augen. Ungeduldig wartete sie Jonathans Reaktion ab.

»Du bist ein Genie, Shelley Brown!«, rief Jonathan begeistert und versuchte, Shelley zu umarmen.

»Im Ernst? Denkst du, die nehmen mich im Club der Genies auf?«, wollte Shelley wissen. Ihre Augen leuchteten vor Aufregung. Sie malte sich schon aus, wie ihre Eltern und ihre Schwester reagieren würden, wenn sie plötzlich ganz amtlich als Genie gälte.

»Nein, natürlich nicht«, entgegnete Jonathan, was dafür sorgte, dass Shelley enttäuscht den Kopf hängen ließ. »Komm schon, Shells! Sei nicht traurig, du hast uns gerade das Leben gerettet! Wen kümmert es da, ob du ein echtes Genie bist oder nicht?«, sagte Jonathan aufmunternd, während das Wasser weiter stieg und sie dem Gitter immer näher brachte.

»Du hast leicht reden. Immerhin giltst du ja als der Schlaumeier in deiner Familie!«, erwiderte Shelley.

»Können wir jetzt bitte das Thema beenden? Vielleicht liegt es am Wasser oder an diesem mittelalterlichen Verlies, aber ich habe echt Schwierigkeiten, mich zu konzentrieren«, erklärte

Jonathan. Dann streckte er die Arme aus und streifte mit den Fingern das Metallgitter. »Fast geschafft!«

Sekunde um Sekunde trug das Wasser sie dem Ziel entgegen, bis sie die kalten Metallstangen endlich zu fassen bekamen.

»Wir zählen bis drei. Eins ... zwei ... drei«, gab Jonathan Anweisung.

Doch sofort kam ihnen die Erkenntnis: Sie hatten nicht die Kraft, etwas so Schweres hochzustemmen. Nicht, solange ihre Füße keinen festen Untergrund hatten und nur Wasser traten.

»Es geht nicht, unmöglich«, gab Jonathan kleinlaut zu und kniff die Augen zu.

Das Wasser stieg weiter. Jeder Tropfen brachte sie dem Tod näher.

»Ich will nicht sterben, nicht jetzt, nicht mit dem saublöden Spitznamen ›Brillenschlange‹«, heulte Shelley drauflos. Tränen strömten über ihre Wangen. »Wenn ich eine alte Oma im Koma wäre, würde ich mich ja nicht beklagen, und das nicht nur, weil Leute im Koma nicht reden! Aber das ist einfach nicht fair – ich bin doch viel zu jung zum Sterben! Ich habe fast noch nichts von meiner To-do-Liste abgehakt!«

»Nina! Hallo! Hilfe!«, schrie Jonathan, während Shelley weiter ungehemmt flennte.

»Da stimmt was nicht ... da stimmt was nicht.«

»Natürlich stimmt da was nicht – wir sind gleich tot!«, platzte es aus Jonathan heraus.

»Nein! Man sagt doch immer, das Leben ziehe an einem vorüber, wenn man stirbt, ein bisschen wie ein Film«, erklärte Shelley. Vor Angst klapperte sie mit den Zähnen.

»Und?«

»Das passiert nicht. Ich sehe bloß die Zukunft, all die Dinge, die ich noch machen will. All die Dinge, die *wir* noch tun werden«, erklärte Shelley.

»Ich kann dir gar nicht sagen, wie sehr ich mir wünsche, ich hätte solche Gedanken«, meinte Jonathan, dessen Augen sich jetzt ebenfalls mit Tränen füllten. »Ich sehe nur meine Beerdigung. Die leeren Sitzreihen. Meine weinenden Eltern. Den Priester, der mich versehentlich Jack nennt. Was für ein gewöhnliches Ende für ein gewöhnliches Leben.«

»Gewöhnlich? Du ertrinkst im Tower von London während eines Einsatzes als Spion!«, setzte Shelley dagegen.

»Ja, schon, aber das wird keiner erfahren.«

»Aber ich weiß es«, erwiderte Shelley.

»Aber du bist dann doch auch tot.«

Es war wirklich ein ungewöhnlicher Moment, um zu lächeln, so knapp vor dem Tod, und doch taten Jonathan und Shelley genau das.

»Ja, da ist was dran«, gab Shelley zu, als plötzlich das Geräusch eines Streichholzes, das angerissen wurde, ihre Aufmerksamkeit erregte, unmittelbar gefolgt von einem Aufflackern von Licht.

»Du liebe Güte, das sieht mir ja mal nach einer richtig brenzligen Situation aus, sehe ich das richtig?«, verkündete Hattie leise und unsicher, während sie sich mit einer Kerze in der Hand vorsichtig über den Schacht beugte. »Schätze, ihr beide könntet Hilfe gebrauchen.«

»Wer, wir? Aber nicht doch! Wir finden es richtig toll, zu warten, bis unser Leben endlich vorbei ist!«, polterte Shelley wütend drauflos.

»Ach, wirklich? Wie interessant!«, entgegnete Hattie verträumt. »Hab ich euch je erzählt, wie ich das erste Mal einen Shepherd's Pie zubereitet habe? Das war im August, selbstverständlich ein recht ungünstiger Monat für einen Urlaub, weil alle Ferien haben. Haben wir heute schon zu Abend gegessen? Ich finde es schrecklich, Mahlzeiten auszulassen. Ich muss jedoch klarstellen, dass ich eine Scheibe Toast nicht als Mahlzeit betrachte. Was sagte ich eben? Ach ja, Marmelade. Ich mache die beste Marmelade Englands!«

»Was ist denn mit der los?«, fragte Shelley verwundert, obwohl sie fast sicher war, dass sie die Antwort kannte.

»Wie es aussieht, wurde unsere letzte Hoffnung mit LIQ-30 infiziert«, antwortete Jonathan, dem das Wasser bereits bis zum Kinn reichte. »Es wird nicht einfach sein, aber wir müssen sie dazu bringen, sich zu konzentrieren.«

»Hattie? Ich möchte, dass du versuchst, dieses Gitter hochzuziehen, okay?«, sagte Shelley so ruhig wie möglich, während das Wasser ihr bereits in den Mund schwappte.

»Ihr wollt da raus? Naja, ihr wart vermutlich schon schrecklich lang da drin. Sagt mal, was ist das denn? Ein Schwimmbad? Hab ich euch schon mal von dem Sommer erzählt, als meine Oma ihrem Pudel Mitzi das Schwimmen beibringen wollte?«

»Bitte!«, unterbrach Shelley sie in flehentlichem Ton. »Hol uns hier raus!«

»Na schön. Ich kann es ja versuchen«, antwortete Hattie und hielt dann inne, um Handschuhe, Haarband und Ohrringe abzunehmen. »Also dann, wo war ich gerade? Was wollte ich tun?«

»Du wolltest das Gitter öffnen!«, rief Jonathan ihr leicht ungeduldig in Erinnerung. »Wenn du uns hier rauslässt, könnten wir alle gemeinsam irgendwo eine schöne Tasse Tee trinken. Na, was meinst du, klingt das nicht verlockend?«

»Tee? Was für eine wundervolle Idee! Ich setze gleich Wasser auf, könnte allerdings ein Weilchen dauern. Im Moment bin ich nämlich nicht zu Hause«, murmelte Hattie und war im nächsten Moment verschwunden.

»Nein! Nicht! Komm zurück!«, schrien Jonathan und Shelley panisch. »Bitte! Geh nicht weg!«

»Dieser dämliche Tontauben schießende, Gurkensandwiches fressende Rotschopf will uns hier krepieren lassen!«, kreischte Shelley wie von Sinnen, hielt allerdings inne, als sie das Geräusch von Schritten vernahm. »Oh, dem Himmel sei Dank! Die liebliche, wunderbare Hattie kommt zurück und will uns helfen!«

Doch es war nicht Hattie.

»Was ist denn hier los?«, wollte Darwin wissen, als er herbeigeeilt kam.

»Hol uns hier raus!«, schrie Shelley.

Und genau das tat Darwin dann auch. Er rettete Jonathan und Shelley vor dem sicheren Tod.

»Vielen Dank«, brachte Jonathan schwach hervor, als er und Shelley triefnass aus dem Loch kletterten.

»Ist eiskalt da drin«, stammelte Shelley mit klappernden Zähnen.

»Wartet hier. Wir haben trockene Klamotten im Boot«, sagte Darwin und eilte davon.

»Shells?«

»Ja, Johno?«

»Ich bin echt froh, dass wir noch am Leben sind.«

»Ich auch. Irgendwie konnte ich nicht so recht dran glauben, dass in meinem Nachruf was von Tod durch Ertrinken stehen würde.«

»Aber wenn wir irgendwann sterben müssen, sollten wir das gemeinsam tun«, fügte Jonathan hinzu. »Dann gehen wir wenigstens in den Tod in Begleitung von jemandem, der weiß, was wir in unserem Leben gemacht haben. Mit jemandem, der weiß, dass wir mehr waren als nur unwichtige Schulkinder.«

»Wir sind keine Unwichtigen, Johno, auch wenn alle das Gegenteil behaupten.«

»Nach den Sternen greifen? Ich reiche noch nicht mal bis zur Zimmerdecke!«

Dax Winegarden, 12, San Rafael, Kalifornien

23. Oktober, 6:18 Uhr, Straße in London, England

»Hey, ihr zwei Kurzen!«, rief Hammett Shelley und Jonathan mit seiner unverwechselbaren Stimme zu.

Die Kinder waren gerade auf dem Heimweg, triefnass, mit runzeliger Haut, die an Dörrpflaumen erinnerte, aber voller Dankbarkeit, weil sie am Leben waren.

»Streng genommen bin ich groß für mein Alter«, widersprach Shelley und sah, wie Hammett aus einem Hauseingang hervortrat.

»Nein, bist du nicht. Du bist Durchschnitt«, mischte Jonathan sich ein.

»Dieser Junge …«, sagte Shelley kopfschüttelnd, »… ist so was wie eine Abrissbirne für Träume. Haut einfach einen nach dem anderen um. *Du hältst dich für groß, Shells? Denkste!*«

»Komm schon, Kindchen. Du willst mir doch nicht weismachen, dass du dich für groß für dein Alter hältst? So eine miese Detektivin kannst du gar nicht sein, oder?«, fragte Hammett und musterte die beiden Kinder von oben bis unten. »Euch hat man heute Nacht aber ganz schön durch die Mangel gedreht, wie?«

»Wir wären um ein Haar ertrunken. Ich sehe aus wie eine verschrumpelte Rosine, weil wir in einem Schacht voller Wasser festsaßen. Hattie wurde offenbar mit LIQ-30 infiziert. Und als wäre all das noch nicht schlimm genug, hat Nina auch noch unser Boot geklaut. Deshalb müssen wir zu Fuß nach Hause laufen«, schimpfte Jonathan.

»Er ist ein wahrer Sonnenschein, nicht wahr?«, raunte Hammett Shelley zu, einen Zahnstocher zwischen den Lippen.

»Wenn du mit *Sonnenschein* meinst, dass Johno einen so sehr blendet, dass man nichts mehr sieht und alles dunkel wird«, erwiderte Shelley.

»Du bist eine richtig kleine Besserwisserin, wie?«, meinte Hammett und zwinkerte Shelley verschmitzt zu.

»Ich kannte mal einen Mann namens Alec«, sagte Schwester Maidenkirk, die hinter einem Kiosk hervortrat. »Man musste ihm den linken Fuß wegen Wundbrand amputieren. Dann seinen rechten. Anschließend seine linke Hand. Dann seine ...«

»Schon gut!«, unterbrach Hammett sie barsch. »Wir haben verstanden. Sie haben ihn zurechtgestutzt wie einen vergammelten Brokkoli.«

»Alec litt an peripherer arterieller Verschlusskrankheit, was heißt, dass die Blutzufuhr zu den Extremitäten unterbrochen war«, fuhr Schwester Maidenkirk unbeirrt fort.

»Und ich dachte, ich wäre mit einer anstrengenden Partnerin gestraft«, flüsterte Jonathan Hammett zu. Der wirkte ungewöhnlich angespannt.

»Diese BJS-Agenten sind wie Hustensaft: auf lange Sicht hilfreich, aber sie hinterlassen einen üblen Geschmack im Mund«, murrte Hammett. »Wie sie euch beide behandeln, wie Eindringlinge ...«

»Sind das Baby-Insekten? Weil ich es nämlich hasse, wenn man den Babys von Tieren andere Namen gibt. Warum nennt man ein Lamm nicht einfach Baby-Schaf? Oder ein Kitz Baby-Reh? Warum erfindet man neue Wörter dafür? Die wollen uns doch nur verwirren, oder?«

Jonathan und Hammett starrten Shelley fragend an. Sie waren sich nicht sicher, wie sie diesen Kommentar verstehen sollten. Als wäre ihr ganz plötzlich die Erleuchtung gekommen, nickte Shelley und lächelte.

»Ich weiß schon, worauf ihr hinauswollt! Das gefällt mir! Wir starten eine Online-Unterschriftenliste gegen den Gebrauch von speziellen Namen für Baby-Tiere!«

»Das war bestimmt nicht der Plan«, entgegnete Jonathan.

»Hör zu, Kindchen, die einzige Liste, die ich unterzeichne, fordert eine tägliche Höchst-Redezeit für dich«, sagte Hammett.

»Ich bin zwar kein Arzt, aber ich fürchte, du leidest an einer Krankheit, die verhindert, dass du den Mund hältst?«

»Ich merke schon, dass Hammett nicht vorhat, meine Petition zu unterschreiben. Das bedeutet, dass unsere Khakihose hier als Erster unterzeichnen darf«, sagte Shelley und drehte sich zu Jonathan um.

»Es ist unwahrscheinlich, dass ich die Petition unterzeichne«, sagte Jonathan.

»Wie unwahrscheinlich denn?«, wollte Shelley wissen.

»So wenig wahrscheinlich, wie ich Mitglied in einer Boyband werde.«

»In einer Boyband? Auf keinen Fall. Ich habe dich tanzen sehen. Du hast doch zwei linke Füße. Ich würde extra eine Unterschriftenliste starten, um das zu verhindern«, meinte Shelley.

»Die Zeit läuft, Kinder«, sagte Hammett mit einem ungeduldigen Blick auf die Uhr. »Ich muss noch wo hin.«

»Wie das Sprichwort so schön heißt, ›Der frühe Vogel fängt den Sonnenbrand ein. Also lasst euch Zeit und kommt ruhig zu spät ... oder setzt einen Hut auf.‹«

»So heißt das Sprichwort sicher nicht«, sagte Jonathan.

»Möchte jemand Schokolade?«, rief Schwester Maidenkirk dazwischen und hielt Jonathan, Shelley und Hammett ein Stück von ihrem Schokoriegel hin. »Ich habe mal miterlebt, wie ein Hund mausetot umfiel, wenige Sekunden, nachdem er eine Schachtel Pralinen aus dem Müll gefischt hatte.«

»Wenige Sekunden?«, hakte Hammett nach und sah Schwester Maidenkirk zweifelnd an. »Ich glaube nicht, dass Schokolade sich so schnell auf einen Hund auswirkt.«

»Tja, entweder war es die Schokolade, oder doch das Auto, das versehentlich über den Randstein rumpelte und den Hund überfuhr. Das passierte alles so kurz hintereinander, dass man das unmöglich mit Gewissheit sagen kann.«

»Diese Frau hier ist unzurechnungsfähig, ein Fall für die Klapse, das wisst ihr doch, oder?«, sagte Hammett in liebevollem Ton. »Sie verbringt ihre freien Tage im Park mit der Suche nach Vogelknochen. Aber ich behalte sie trotzdem, und wollt ihr wissen, warum? Weil sie durch und durch treu ist. Wenn ich sie brauche, ist sie zur Stelle. Sie hat vielleicht ein totes Eichhörnchen in der Tasche, aber wenn Not am Mann ist, ist sie da.«

Jonathan zuckte die Schultern. »Schätze, das kann man positiv sehen.«

»Dass sie da ist oder das mit dem toten Eichhörnchen?«, hakte Shelley nach.

»Hört zu, die Sache ist ernst!«, wies Hammett Jonathan und Shelley zurecht und schnippte mit den Fingern. »Ihr beide seid mutterseelenallein auf dieser Welt. Nicht mal der Boden wird da sein, wenn ihr stürzt.«

»Da wird mir gleich ganz kalt … kälter als die Antarktis … kälter als die Zehen vom Weihnachtsmann am Nordpol … obwohl, ich wette, Santa hat ziemlich warme Stiefel«, brabbelte Shelley drauflos.

Jonathan seufzte. »Shelley ist allergisch dagegen, bei einem Thema zu bleiben. Sie schweift immer ab.«

»Hey«, pflaumte Hammett Jonathan an. »Shelley redet ja viel Unsinn, aber sie ist deine Partnerin. Du bist auf sie angewiesen.«

»Hast du das gehört, Khakihose? Du brauchst mich!«, sagte Shelley mit einem selbstgefälligen Grinsen.

»Und *du* kannst nicht ohne *ihn*. Durchschnittliche Typen gehen in dieser Welt leicht unter. Und wenn das passiert, kommt keiner, um sie zu suchen. Warum, fragt ihr euch? Weil keiner sich daran erinnert, dass sie je existiert haben.«

»Abgesehen von unseren Eltern«, korrigierte Jonathan Hammetts Worte. »Sie wissen, dass es uns gibt. Sie würden nach uns suchen.«

»Deine Eltern reden schon seit zwei Tagen mit einem ausgestopften Tier, weil sie denken, das bist du. Sicher, du hast ihnen gesagt, dass du wegfährst, aber glaubst du, daran erinnern sie sich noch? Vergiss es, mein Kind. Vergiss es.«

»Da ich im Leben meiner Großeltern der Sonnenschein bin«, sagte Shelley und sah Hammett über den Rand ihrer Brille hinweg an, »will ich mir gar nicht ausmalen, wie einsam sie ohne mich sind.«

»Jetzt verrate ich dir was, meine Kleine. Deine Großeltern wissen zwar, dass du nicht in der Stadt bist. Sie wissen bloß nicht mehr, wohin du wolltest. Dein Opa vermutet, dass es damit zu tun hat, dass du bei den Pfadfinderinnen unehrenhaft entlassen wurdest.«

»Opa weiß nicht mehr, wo ich bin, aber er erinnert sich genau, dass ich bei den Pfadfinderinnen rausgeflogen bin, weil ich Abzeichen auf dem Schwarzmarkt gekauft habe?«, fragte Shelley ungläubig. »Was stimmt bloß nicht mit meiner Familie?«

23. Oktober, 10:09 Uhr, Downing Street Nummer 10, London, England

Nachdem sie um exakt sechs Uhr dreißig in der Früh in der Downing Street eingetroffen waren, waren Jonathan und Shelley rasch in ihre Schlafanzüge geschlüpft und ins Bett geklettert. Doch nach noch nicht mal vier Stunden schreckte Jonathan hoch. Er war überzeugt, dass er immer noch träumte, und rieb sich die Augen. Aber das Gesicht verschwand nicht. Runzelig, mit gleichmäßigem Atem, der nach starkem Tee und Alkohol roch. Die Frau befand sich nur wenige Zentimeter vom Gesicht des Jungen entfernt, dann begann sie, zu flüstern.

»Wir sind umringt von Verrätern, dessen bin ich mir sicher. Sie töten uns, wenn wir bleiben. Und sie wissen genau, wie man Mord nach einem Unfall aussehen lässt.«

»So sehr ich unsere kleinen Unterhaltungen schätze, Mrs Cadogan, aber was halten Sie davon, wenn wir unsere Begegnungen auf die Essenszeiten beschränken?«, schlug Jonathan vor.

Das Gesicht von Mrs Cadogan war noch immer wenige Zentimeter von seinem entfernt.

»Als Nächstes vergiften sie das Essen.«

»Haben Sie Shelley schon geweckt?«, erkundigte sich Jonathan.

»Wen?«

»Na, Sie wissen schon, meine kleine blonde Freundin?«

»Du meinst Gertrude? Armes Ding, sie hatte solche Angst. Hat mich in den Arm gebissen und mich aus dem Zimmer gescheucht«, erklärte Mrs Cadogan.

»Sie hat Sie gebissen?«, fragte Jonathan verblüfft. Er konnte sein Entsetzen nur schwer verbergen.

»So war das nicht«, warf Shelley nun ein. Schnaubend stand sie im Türrahmen.

»Na schön, wie war es dann?«, entgegnete Jonathan und schob Mrs Cadogan sanft von sich weg.

»Die alte Lady hat mich aus dem Tiefschlaf gerissen, und wie du dir sicher vorstellen kannst, war ich mehr als nur ein bisschen überrascht, *dieses* Gesicht zu sehen«, sagte Shelley und deutete gleichzeitig auf Mrs Cadogan. »Zu dem Zeitpunkt habe ich vielleicht zufällig meinen Mund auf ihren Arm gelegt, aber nur, weil ich wollte, dass sie aus meinem Zimmer verschwindet!«

»Kinder, ihr dürft niemandem trauen. Mir ist zu Ohren gekommen, dass Feinde in unserer Mitte sind, Feinde, die die Kunst der Verstellung beherrschen«, sagte Mrs Cadogan in Unheil verkündendem Ton, ehe sie ein Stück Brot aus der Tasche ihres Kleides zog.

»Lecker Frühstück«, witzelte Shelley und deutete auf das Brot.

Mit stark hervortretenden Augen und fester Stimme antwortete Mrs Cadogan: »In Kriegszeiten müssen wir unsere Nahrungsvorräte gut einteilen. Das ist unsere Pflicht dem Vaterland gegenüber.«

»Für jemanden, der von kleinen Rationen lebt, sehen Sie aber ein bisschen zu pummelig aus.«

Mrs Cadogan war über Shelleys Kommentar sichtlich verärgert, schnappte empört nach Luft und blaffte: »Willst du damit andeuten, dass ich anderen Leuten die Vorräte klaue?«

»Shells, wir wollen die alte demente Dame doch nicht unnötig aufregen.«

»Na schön«, willigte Shelley ein. »Ich werde das, was ich gesagt habe, wieder einmal zurücknehmen.«

23. Oktober, 14:08 Uhr, BJS-Zentrale, London, England

Randolph stand mitten in einem spartanisch eingerichteten Raum, die Arme verschränkt, die Stirn gerunzelt und den Mund missmutig verzogen. Die Nachricht, dass Jonathan und Shelley beinahe ums Leben gekommen waren, hatte ihn erschüttert. Er kannte die Wahrheit: Sie waren nur ein paar Kinder, deren größter Vorzug es war, dass man sie schnell wieder vergaß. War es möglich, dass sie der Sache nicht gewachsen waren? Dass Präsident Arons ihre Fähigkeiten falsch eingeschätzt hatte?

»Guten Tag, Beißerchen. Sind Khakihose und Brillenschlange noch nicht hier?«, rief Darwin, als er die Zentrale betrat.

»Khakihose und Brillenschlange?«, wiederholte Randolph verwundert.

»Komm schon, Beißerchen, du weißt, von wem ich rede. Bob und Sheila.«

»Wer?«, entgegnete Randolph, immer noch ratlos.

»Die amerikanischen Agenten.«

»Du meinst wahrscheinlich Jonathan und Shelley«, sagte Randolph zu Darwin und deutete zur linken Seite des Raums.

»Wir sind hier«, sagte Jonathan und erhob sich.

»Das ist ja seltsam. Ich habe euch für zwei Stühle gehalten«, spöttelte Darwin.

»Ich gebe es ja ungern zu, doch leider passiert es häufiger, als mir lieb ist, dass wir mit Büromöbeln verwechselt werden«, sagte Jonathan, während Shelley vehement den Kopf schüttelte.

»Okay, zugegeben, ich wurde schon mit einer Bank verwechselt. Ein- oder zweimal auch mit einem Schreibtisch. Aber mit einem gewöhnlichen Bürostuhl? Das gab es noch nie!«, erklärte Shelley empört.

»Meine aufrichtige Entschuldigung, Brillenschlange«, sagte Darwin mit einem süffisanten Grinsen.

»Du bleibst also bei Brillenschlange. Bist du sicher, dass du es nicht wenigstens mal mit Super-Shelley oder mit Shelltastisch versuchen willst?«

»Ich glaube nicht«, entgegnete Darwin.

Oli spazierte zur Tür herein, und Hattie, die eine Zeitung in der Hand hielt, folgte ihm auf den Fersen.

»Ein Wort mit fünf Buchstaben für einen *Feliden?*«, murmelte Hattie kaum hörbar vor sich hin, während sie Platz nahm. »Dieser Stuhl ist schrecklich unbequem. Ich persönlich bevorzuge ja schon immer harte Betten und weiche Stühle. Und Eis. Ich liebe Eis.«

»Sieh sie dir an, Beißerchen!«, spielte Darwin sich auf. »Sie hat Probleme mit dem Kreuzworträtsel, dabei ist das noch nicht einmal das große aus der Wochenendausgabe!«

»Hattie war eine Million Mal schlauer als wir es sind, und jetzt schau sie dir an«, raunte Jonathan Shelley zu. »Sollte Nina uns infizieren, sind wir erledigt.«

»Wenn ich noch unkonzentrierter bin als ohnehin schon, stufen meine Eltern mich sicher zur Nichte oder Cousine herab. Nur damit sie sich nicht schämen müssen«, gab Shelley freimütig zu.

»Ist nicht leicht, das einzige Nicht-Genie in einer Familie von Genies zu sein, nicht wahr, Shells?«

»Es ist wie Fahrradfahren mit nur einem Bein. Richtig schwer«, erklärte Shelley bierernst, ehe sie grinsen musste. »Obwohl, wenn alle in meiner Familie mit LIQ-30 infiziert würden, wäre ich bestimmt die Schlauste. Ganz am oberen Ende der Nahrungskette sozusagen, nicht dass ich sie aufessen will. Schließlich bin ich keine Kannibalin. Andererseits, wenn man mich im Wald aussetzt und dort lange genug allein lässt, könnte ich vielleicht doch schwach werden. Aber nur, wenn es Grillsoße dazu gibt.«

»Dieses Gespräch wird mir jetzt ein bisschen zu merkwürdig. Und das nicht im positiven Sinne. Eher so, dass ich heute Nacht meine Zimmertür absperren werde, die Sorte von merkwürdig«, sagte Jonathan, während Randolph mit Darwin und Oli in der Ecke die Köpfe zusammensteckte.

»Entspann dich, dich würde ich niemals aufessen. Du bist doch klapperdürr, nichts dran an dir. Das wäre ja den ganzen Aufwand gar nicht wert: ein Feuer machen, dich marinieren, all das. Okay, ich verstehe jetzt, warum dir das Gespräch zu merkwürdig wurde.«

Nach wenigen Augenblicken entfernte Randolph sich von Darwin und Oli. Die lockten Hattie nun in die Cafeteria, indem sie ihr Milch und Kekse versprachen.

»Ich hoffe, es macht euch nichts aus, aber ich habe sie gebeten, eine Weile zu verschwinden, damit wir uns ungestört unterhalten können«, erklärte Randolph und wies Jonathan und Shelley mit einer Handbewegung an, sich an den Tisch zu setzen.

»Ich muss zugeben, nachdem ich gehört habe, dass ihr letzte Nacht beinahe ums Leben gekommen wärt, wollte ich euch zuerst vom Einsatz abziehen und euch in den nächsten Flieger nach Amerika setzen. Aber dann musste ich wieder an Präsident Arons großes Vertrauen in euch denken sowie an euer Talent, euch durchs Leben zu bewegen, ohne dass irgendwer euch bemerkt«, erläuterte Randolph.

»Dafür sind wir bekannt – zumindest bei den wenigen Leuten, die sich an uns erinnern«, sagte Jonathan.

»Es stimmt, dass ihr zwei etwas an euch habt, das dafür sorgt, dass ihr einem nicht im Gedächtnis bleibt«, gab Randolph zu.

»Wovon reden Sie da? An mich erinnern sich haufenweise Leute!«, rief Shelley dazwischen.

»Leider kann Shelley mit der Wahrheit nicht so gut umgehen. Deshalb weigert sie sich, sie zu akzeptieren«, erklärte Jonathan Randolph gegenüber. »Ist nicht einfach als vergessenes Kind.«

»Vergessenes *Kind*? Dann wohl eher so was wie eine vergessene *junge Dame!*«, verbesserte Shelley ihn.

»Du gibst jetzt also zu, dass du unsichtbar bist?«

»Was spielt es für eine Rolle, ob ich es zugebe oder nicht? Kannst du es mir nicht gönnen, wenigstens eine Minute glücklich zu sein? Es gibt keinen Grund, das letzte Fünkchen Lebensmut in mir zu löschen.«

»Das Fünkchen?«, wiederholte Jonathan kichernd.

»Was denn? Denkst du, du bist der Einzige, der im Stil eines kitschigen Grußkartengedichts reden kann? *Das vergessene Kind!*«

»Ist ja schon gut«, unterbrach Randolph die beiden Streithähne, da er spürte, dass die Situation langsam außer Kontrolle geriet. »Nach reiflicher Überlegung sind wir zu dem Schluss gekommen, dass wir euch beide damit beauftragen, die Auskünfte unserer Informanten zu sammeln. Die sind im gesamten Stadtgebiet verteilt.«

»Sie meinen, wir arbeiten mit Undercover-Agenten zusammen?«, wollte Shelley wissen.

»Nein. Es handelt sich um Leute, die uns entweder von sich aus angeboten haben, Hinweise zu liefern, oder, was häufiger der Fall ist: Sie wurden bei einem Verbrechen erwischt und mussten sich bereit erklären, als Informanten zu arbeiten, um einer Gefängnisstrafe zu entgehen. In jedem Fall aber ist es von entscheidender Bedeutung, dass sie auch weiterhin unentdeckt bleiben. Und hier kommt ihr beide ins Spiel. Weil man euch so gut wie nie bemerkt, dachten wir, ihr wärt perfekt für den Job.«

Shelley nickte eifrig und schob ihre verschmierte Brille hoch. »Gut zu wissen, für den Fall, dass ich mal festgenommen werde. Nicht dass ich irgendwas Illegales planen würde. Jedenfalls nicht dieses Jahr.«

»Um die Identität unserer Informanten zu schützen, verfügen wir über kein Foto, das sie zeigt. Stattdessen verpassen wir jedem von ihnen ein unverwechselbares Kennzeichen, anhand dessen wir die Agenten identifizieren«, sagte Randolph, während er Shelley über den Tisch Papier und Stift zuschob.

»Stift? Papier? Welches Jahr haben wir? 1995? Ich brauche

nichts weiter als das hier oben«, sagte Shelley und tippte sich an die Schläfe. »Sie sehen hier einen Computer vom Allerfeinsten.«

»Shells, warum schreiben wir nicht einfach auf, was ...«

Shelley riss die rechte Hand hoch, um Jonathan zum Schweigen zu bringen. »Willst du wissen, was mein Gehirn alle fünf Minuten macht?«

»Ich traue mich gar nicht zu fragen«, murmelte Jonathan.

»Es speichert automatisch alle Daten. Nur für den Fall, dass der Computer abstürzt.«

»In der 3. Klasse verspottete mich Priscilla Wood als Spinnerin. Das war der beste Tag meines Lebens. Endlich hatte ich bei jemandem einen Eindruck hinterlassen!«

Evelyn Ward, 13, Chattanooga, Tennessee

23. Oktober, 15:07 Uhr, Straße in London, England

»Ich habe das Gefühl, jemand könnte eine Umarmung gebrauchen«, sagte Shelley und breitete die Arme aus, während sie neben Jonathan die Straße entlanglief.

»Nein, danke.«

»Und mit *Jemand* meine ich *mich«,* sagte Shelley und zog Jonathan auch schon in eine unangenehm enge Umarmung. »Ich bin starr vor Angst. Ich schwitze wie ein Schwein auf dem Weg zum Schlachthof.«

»Das beschreibst du sehr deutlich«, sagte Jonathan und befreite sich aus Shelleys Umklammerung.

»Ich weiß ja, wie sehr du zu mir aufsiehst, Johno, deshalb versuche ich immer, für dich stark zu sein«, erklärte Shelley mit erstickter Stimme. »Aber ich befürchte, ich schaffe das nicht mehr.«

»Erstens ...«

»Was habe ich dir zu diesem Thema gesagt? Wenn jemand einen Satz mit ›Erstens‹ beginnt?«, fiel Shelley ihm ins Wort.

»Schon gut«, murrte Jonathan. »Ich wollte nur sagen, dass ich nicht zu dir aufsehe. Genauso wenig schaue ich auf dich runter. Ich schaue dich einfach nur *an*.«

Shelley nickte.

»Aber ich habe tatsächlich immer wieder mal Angst«, gab Jonathan zu. »Glaub mir, ich hab total Schiss. Was, wenn Nina uns infiziert und wir dann zu dämlich sind, um weiter als Spione zu arbeiten?«

»Sag so was nie wieder! Wir werden sie finden und die Verbreitung des LIQ-30 verhindern, bevor es viral wird ... und zwar nicht im Sinne von coolen Videos ... sondern in Form einer grauenvollen Epidemie ...«

»Ja, schon kapiert.«

23. Oktober, 15:47 Uhr, Buckingham Palast, London, England

Der Buckingham Palast, Residenz der Königin von England, war umgeben von einem imposanten, hohen Gitterzaun, der rund um die Uhr von Soldaten bewacht wurde. Drei Meter vom Zaun entfernt beäugten Jonathan und Shelley aus der versammelten Touristenmenge heraus genauestens das Aufgebot an Wachleuten.

»Randolph hat gesagt, der Informant trägt eine schwarze Fellmütze«, erinnerte sich Shelley, die ihr Gehirn krampfhaft nach weiteren Informationen durchwühlte.

»Shells, die Wachsoldaten tragen alle Fellmützen.«

»Und eine rote Jacke!«, kreischte Shelley aufgeregt.

»Siehst du eigentlich die gleichen Leute wie ich?«, fragte Jonathan ungläubig. »Die haben doch alle rote Jacken an. Jeder von ihnen.«

»Schätze, uns bleibt nichts anderes übrig, als zu ihnen zu gehen und zu fragen, wer von ihnen der Undercover-Informant ist«, schlug Shelley vor. »Manchmal ist Ehrlichkeit die einzig richtige Strategie.«

»Aber geheime Informanten erzählen einem in der Regel nicht, dass sie geheime Informanten sind!«

Shelley überlegte kurz. »Da könntest du recht haben«, lenkte sie ein und rieb sich nachdenklich das Kinn.

»Außerdem steht in meinem Reiseführer, dass die Wachleute mit niemandem reden dürfen.«

»Tja, in meinem Reiseführer steht, dass die Wachleute Mitglieder einer Sekte sind und auf die Rückkehr ihres Anführers warten. Deshalb auch die Pelzmützen. Der Anführer ist angeblich ein intergalaktischer Bär. Okay, ich gebe es zu: Das habe ich erfunden. Ich wollte einfach nur mit Fakten kommen, die deine Fakten ausstechen.«

Jonathan rollte mit den Augen und seufzte wieder einmal.

»Ich glaube, es ist höchste Zeit, dass wir Randolph anrufen. Wir sollten ihm gestehen, dass wir vergessen haben, was er uns mitgeteilt hat. Wir hätten uns die Anweisungen notieren sollen, statt so zu tun, als hätten wir ein spitzenmäßiges Gedächtnis.«

»Da schwimme ich lieber nach Amerika, als dass ich zugebe, dass wir uns an die paar einfachen Details nicht erinnern können!«

»Ich deute ja ungern mit dem Finger auf jemanden, aber du warst es, die behauptet hat, ihr Gehirn sei besser als die Festplatte eines Computers. Nichts würde je aus deinem Gedächtnis gelöscht«, rief Jonathan ihr in Erinnerung, sehr zu Shelleys Verdruss.

»Entschuldigt, Kinder, aber würde es euch was ausmachen, ein Foto von mir und meiner besseren Hälfte zu machen?«, fragte ein Mann.

Jonathan und Shelley hoben die Köpfe. Vor ihnen standen in Jeans und Sweatshirts und mit Kameras um den Hals: Hammett und Schwester Maidenkirk!

»Hier habt ihr die Kamera, Kinder«, wies Hammett Jonathan an. »Ihr braucht nur durch die Linse zu gucken.«

»Ich bin kein besonders guter Fotograf. Leider schaffe ich es jedes Mal, den Leuten den Kopf oder die Füße abzuschneiden«, gestand Jonathan.

»Schau einfach durch die Linse, mein Kind«, blieb Hammett beharrlich.

Und als Jonathan dies endlich tat, las er die Botschaft: DER DRITTE VON LINKS.

»Aber wie wollen Sie das wissen?«

»Er ist der Einzige, der euch bemerkt und beobachtet hat, wie ihr hier gestanden und euch gezankt habt«, sagte Hammett leise, ehe er seine Stimme wieder erhob. »Danke für das Foto. Genießt den Rest eures Urlaubs.«

»Es ist der dritte Wachmann von links«, informierte Jonathan Shelley, während er zusah, wie Hammett und Schwester Maidenkirk im Gedränge verschwanden.

»Ich will ja nicht gerade behaupten, dass ich so was wie ein Medium bin … aber ich hatte schon so ein Gefühl, dass es der Dritte von links ist.«

»Und dann sagst du nichts, sondern stehst einfach nur da und durchwühlst krampfhaft dein Gehirn nach einem winzigen Detail, das uns hilft, den richtigen Informanten zu identifizieren?«, erwiderte Jonathan.

»Du bist ja bekannt dafür, dass du alles Übersinnliche ablehnst.«

»Na toll«, sagte Jonathan. »Das kannst du ja dann zu meiner Liste hinzufügen, auf der schon Spaßbremse, Miesepeter und Schwarzseher stehen …«

Shelley schnippte mit den Fingern.

»Jetzt reiß dich zusammen, Johno. Wir müssen einen Auftrag erledigen«, sagte sie und stürzte sich auch schon auf den Informanten.

»Hey, Sie da, Fellmützenmann«, flüsterte Shelley. »Ist Ihnen was Verdächtiges aufgefallen? Etwas, das faul ist? Und mit faul meine ich nicht Obst.«

Der Wachmann starrte stur geradeaus und nahm scheinbar keine Notiz von Shelley.

»Ignoriert der mich? Oder hört er mich bloß nicht?«

»Lass es mich mal versuchen«, sagte Jonathan, der sich nun unauffällig zu dem Wachmann beugte. »Irgendwas gesehen?«

»Negativ«, entgegnete der Mann knapp, und zwar ohne die Lippen zu bewegen, was höchst beeindruckend war.

»Komm schon, Shells, wir haben noch zwei Stationen vor uns«, erklärte Jonathan und wandte sich zum Gehen.

»Nur noch eine Sache«, sagte Shelley und packte den Wachmann unsanft am Arm. »Ich hoffe sehr, für die Herstellung dieser Mütze wurden keine Bären getötet oder verletzt.«

Jonathan seufzte. »Die Teilzeit-Vegetarierin schlägt wieder zu.«

23. Oktober, 16:36 Uhr, im Londoner Zoo, London, England

Im Zoo herrschte reger Betrieb. Kinder, so weit das Auge reichte. Jonathan und Shelley schlängelten sich zwischen den langsam dahinfahrenden Kinderwagen hindurch, als handelte es sich um Landminen. Dabei wichen sie jedes Mal geschickt aus, wenn ein überbreites, mit Titanplatten gepanzertes Kinderwagen-Monster auf sie zugerollt kam.

»Diese Zwillingskinderwagen sollten gesetzlich verboten werden«, ereiferte sich Jonathan. »Diese Dinger sind ein öffentliches Ärgernis, sonst nichts!«

»Wie sieht es mit den Schnarchnasen aus, die viel zu langsam gehen? Wenn man nicht gerade alt oder gehbehindert ist, gibt es doch dafür keine annehmbare Entschuldigung«, sagte Shelley.

Dann wurde ihre Aufmerksamkeit von etwas im Gorillagehege abgelenkt.

»Shells? Was ist los?«, erkundigte sich Jonathan.

»Ich schätze, das ist Liebe auf den ersten Blick.«

»Hast du dich in einen Gorilla verknallt?«

»Nein! *Er* steht auf *mich!* Guck dir doch an, wie der mich anstiert«, sagte Shelley, die von einem Ohr zum anderen grinste.

»Es muss wirklich toll sein, wenn man endlich von jemandem beachtet wird – auch wenn es das Exemplar einer anderen Spezies ist.«

Plötzlich packte Shelley Jonathan am Arm. »Wir werden beobachtet, und ich spreche jetzt nicht von meinem neuen Freund.«

»Ein Gorilla sieht dich für ein paar Sekunden an, und schon ist er dein Freund?«

»Links vom Gatter steht eine Frau in einem Khaki-Outfit«, raunte Shelley ihm zu, während sie so tat, als würde sie die Info-Tafel am Gorillagehege lesen.

»Die Frau steht rechts vom Gatter, nicht links«, korrigierte Jonathan sie.

»Was soll eigentlich diese fixe Idee von rechts und links? Ist der Unterschied wirklich so groß?«

»Ähm, ja, eigentlich schon ...«

»Da, sie gibt uns ein Zeichen!«

»Du erinnerst dich an das Erkennungszeichen?«, fragte Jonathan aufrichtig verblüfft.

»Nein, natürlich nicht«, entgegnete Shelley unwirsch. »Aber sie winkt uns zu sich rüber. Und das ist doch wohl das weltweit verständliche Zeichen für ›Hey, kommt her, ich will mit euch reden‹.«

Shelley winkte ihrem neuen »Freund« zum Abschied zu. Jonathan schüttelte nur mit dem Kopf. Dann näherten sie sich einer Frau mittleren Alters mit Lockenschopf und brauner, ledriger Haut.

»Ihr seid doch Freunde vom einäugigen Randy, nicht wahr?«

Jonathan und Shelley nickten einträchtig.

»Was ist dann das Problem? Ich gebe euch schon seit fast vier Minuten Zeichen.«

»Mein Freund hier hat das Erkennungszeichen vergessen«, sagte Shelley und deutete auf Jonathan.

»Was seid ihr denn für Agenten, die das Zeichen vergessen? So was hab ich ja noch nie gehört!«, herrschte die Frau Jonathan und Shelley an.

»Er hat erst kürzlich einen Schlag auf den Kopf abbekommen. Das hat sein Kurzzeitgedächtnis beeinträchtigt«, erklärte Shelley und musterte die Frau dabei prüfend. »Denken Sie sich nichts. Woher hätten Sie das wissen sollen? Ja, natürlich haben sie seine Gefühle verletzt, später fließen vielleicht sogar noch ein paar Tränchen, aber …«

»Spione weinen nicht!«, platzte es aus Jonathan heraus, bevor er der Frau einen Blick zuwarf, der sagen sollte: »Raus mit der Sprache!«

»Jemand ist eingebrochen und hat ein Betäubungsgewehr geklaut. Das ist alles.«

»Verstanden«, sagte Shelley zu der Frau. »Sie wurden bei einem Verbrechen auf frischer Tat ertappt, stimmt's? Deshalb arbeiten Sie als Informantin, ist doch so, oder?«

»Shells, ich glaube, wir werden verfolgt. Wir müssen weiter«, sagte Jonathan in schroffem Ton und zog sie von dem Gehege weg. »Mir ist aufgefallen, dass uns eine orangefarbene Mütze auf den Fersen ist, seit wir den Zoo betreten haben. Erst dachte ich, das wäre Zufall, aber er folgt uns schon so lange, dass das nicht sein kann.«

Mit schnellen Schritten, aber dennoch unauffällig, bahnten sich Jonathan und Shelley ihren Weg durch die Menschenmassen.

»Schau dich bitte zwischendurch wie unauffällig um und sag mir, ob du jemanden mit einer orangen Baseballmütze siehst«, wies Jonathan Shelley an.

»Stimmt!«, entgegnete Shelley und fiel auch schon auf die Knie. »Mein Knöchel! Mein Knöchel!«, jammerte sie lautstark.

»Das nennst du unauffällig?«, murrte Jonathan.

»Die orange Mütze ist immer noch hinter uns her«, sagte Shelley, während Jonathan ihr auf die Beine half. »Denkst du, es ist Nina?«

»Schon möglich. Vielleicht will sie das zu Ende bringen, was sie gestern begonnen hat.«

»Warum sollte man uns umbringen wollen? Wir sind doch gute Menschen«, klagte Shelley.

»Weil wir versuchen, sie zu stoppen, und sie glaubt, dass das, was sie tut, wichtiger ist als das Leben von ein paar unbedeutenden Kindern«, erklärte Jonathan und suchte gleichzeitig den Weg vor ihnen nach einer Fluchtmöglichkeit ab.

»Auch unwichtige Kinder zählen!«, rief Shelley in dramatischem Tonfall und stieß die Faust in die Luft. »Nur weil keiner sich an unsere Namen erinnert, heißt das noch lange nicht, dass man uns einfach abmurksen kann!«

»Wir wissen nicht, ob die Person mit der orangefarbenen Kappe Nina ist. Soviel wir wissen, arbeitet sie mit anderen Leuten zusammen, und vermutlich hat sie einen losgeschickt, um uns zu schnappen«, meinte Jonathan.

»Ich werde nicht abwarten, bis sie noch mal auf uns losgeht«, sagte Shelley.

Sie drehte sich unvermittelt um und sprintete los. Genauer

gesagt lief sie, so schnell ein unsportliches Kind das konnte, auf die Person mit der orangefarbenen Mütze zu. Sie ruderte mit den Armen. Ihre Beine schleuderte sie zur Seite. Es war nicht zu übersehen, dass Shelley sportlich eine absolute Niete war.

»Dich mache ich fertig!«, rief Shelley, als sie die Person mit der orangefarbenen Mütze mit voller Wucht rammte.

»Aaaah!«, war der Schrei eines jungen Mädchens zu hören. »Hilfe! Helft mir doch!«

Als Jonathan die verängstigte Stimme des Mädchens hörte, sah er sich um und stellte zu seiner Verblüffung fest, dass überall im Zoo ganz ähnliche orangefarbene Mützen zu sehen waren. Die Erkenntnis traf Jonathan wie ein Blitz, sodass er für einen kurzen Augenblick wie gelähmt war.

Nachdem Jonathan sich wieder unter Kontrolle hatte, rannte er jammernd auf Shelley zu: »Es ist eine Schulklasse! Ein Ausflug!«

»Sag mir, wo Nina steckt!«, brüllte Shelley das verängstigte Mädchen an.

»Ich habe einen Fehler gemacht!«, rief Jonathan und japste dazwischen immer wieder nach Luft. »Eine große Gruppe von Kindern trägt die gleichen Kappen! Das ist eine Klasse, die einen Schulausflug macht!«

Schweißüberströmt ließ Shelley von dem Mädchen ab. »Tut mir echt leid. Wie es aussieht, war das miese Detektivarbeit meines Partner hier. Erlaubst du mir, dass ich mein Verhalten ›zurückziehe‹?«

»Was? Ich kann dich nicht hören!«, entgegnete das Mädchen, als Jonathan Shelley schon am Arm packte.

»Sie hat Verstärkung gerufen! Lauf!«, brüllte Jonathan, als eine ganze Horde von orangen Kappen sich auf sie stürzte.

23. Oktober, 17:33 Uhr, Tate Britain, London, England

»Was meinst du: Sollen wir die Geschichte mit dem Mädchen, das du über den Haufen gerannt hast, einfach für uns behalten?«, schlug Jonathan verschämt vor, als sie zu zweit die Stufen zum prunkvollen Eingang der Tate-Britain-Galerie hochstiegen.

»Hat da etwa jemand ein schlechtes Gewissen, weil die Gefühle eines armen, unschuldigen Mädchens wegen miserabler Detektivarbeit verletzt wurden?«, fragte Shelley und sah Jonathan über den Rand ihrer Brille hinweg anklagend an.

»Ich hab dich nicht gebeten, das Mädchen umzunieten«, protestierte Jonathan. »Du bist einfach losgedüst, ohne jede Vorwarnung. Also wäre es doch nur fair, wenn wir, was die Schuld angeht, halbe-halbe machen würden.«

»Na schön«, lenkte Shelley ein. »Außerdem war das nicht so schlimm. Wenigstens kann sie jetzt eine interessante Geschichte erzählen. Ich warte schon mein ganzes Leben drauf, dass mal was Interessantes passiert.«

»Shells, in zwanzig Jahren erzählt dieses Mädchen die Geschichte ihrem Therapeuten, da bin ich mir sicher«, sagte Jonathan kopfschüttelnd.

»Und ich warte schon mein ganzes Leben auf einen Therapeuten. Jemand, der mir zuhören muss, ob er will oder nicht, weil er dafür bezahlt wird. Das wäre ein Traum!«

23. Oktober, 17:42 Uhr, J.M.W. Turner Ausstellung, Tate Britain, London, England

Männer und Frauen standen in Grüppchen vor den Gemälden und unterhielten sich in gedämpftem Tonfall. Das war das Seltsame an Museen: Sie forderten gute Manieren, ähnlich wie eine ältere Tante. Und in den vielen Jahrzehnten, seit das Museum seine Pforten geöffnet hatte, war in der Tate Britain kaum ein ärgerlicherer Vorfall passiert, als dass ein Tourist seine Kaugummiblase platzen ließ oder im Gehen eine SMS geschrieben hat. Doch das war, bevor Jonathan und Shelley das Museum betraten.

»Shells, konntest du die Details zu diesem Auftrag auf deiner Festplatte finden?«, erkundigte sich Jonathan, als sie die J.M.W. Turner Ausstellung betraten. Gleichzeitig unterdrückte er ein Kichern.

»Okay, ich habe, was meine Merkfähigkeiten betrifft, ein bisschen übertrieben«, gab Shelley zu und sah sich im Raum um. »Was soll's! Ich weiß die wichtigen Details, zum Beispiel dass hinter einem Gemälde von einem Typen namens Turner ein Speicherstick versteckt ist.«

»Aber hinter welchem Gemälde?«

»Hinter dem von Turner«, entgegnete Shelley ungeduldig.

»Shells, vielleicht war das Schild am Eingang für dich nicht eindeutig genug, aber die *ganze* Ausstellung ist J.M.W. Turner gewidmet.«

»Dann schauen wir eben hinter jedem Bild nach«, antwortete Shelley unbekümmert.

»Hier sind überall Leute«, sagte Jonathan und ließ den Blick durch den Raum schweifen.

»Da ist was dran«, stimmte Shelley ihm zu und rieb sich das Kinn, bevor sie mit den Fingern schnippte. »Weißt du, wie man einen Raum in weniger als einer Minute leerkriegt?«

»Ich will es lieber nicht wissen.«

»Feuer!«, verkündete Shelley stolz. »Die Leute fürchten Feuer.«

»Du schlägst also vor, dass wir das Museum anzünden? Bist du völlig plemplem?«, fragte Jonathan.

»Entspann dich, Dr. Miesmacher, ich rede davon, dass wir den Feueralarm auslösen und dann alle glauben lassen, es würde wirklich brennen. Tut es aber nicht.«

»Das ist zwar besser, als ein echtes Feuer zu legen, aber ich habe trotzdem kein gutes Gefühl dabei«, sagte Jonathan.

»Na, du hast doch nie ein gutes Gefühl.«

»Stimmt auch wieder«, räumte Jonathan ein. »Manchmal habe ich schon beim Aufwachen ein ungutes Gefühl. Ist das normal?«

»Nein, aber leider haben wir jetzt keine Zeit, um uns mit deinen seelischen Problemen zu beschäftigen. Wir müssen schleunigst dieses Gebäude räumen«, erklärte Shelley, während sie ihre Hände in den übergroßen Trenchcoat gleiten ließ, durch den Raum schlenderte und die Wände nach dem Feueralarm absuchte.

»Johno«, sagte Shelley schließlich, »sieh mal, auf drei Uhr.«

»Der Typ im grünen Pullover?«, hakte Jonathan nach.

»Nein! Der steht doch auf elf Uhr!«

»Wie soll das denn bitte elf Uhr sein?«

»Ach, vergiss es«, meinte Shelley schnaubend. »Siehst du dieses kleine rote Kästchen an der Wand, gleich neben der Tür? Das ist der Feueralarm.«

»Ich sage es noch mal: Ich habe kein gutes Gefühl bei der Sache«, wiederholte Jonathan.

»Und genau deshalb solltest du den Feueralarm auslösen.«

»Auf gar keinen Fall.«

»Hast du noch nie das Sprichwort gehört: ›Derjenige, der einen Plan anzweifelt, sollte ihn selbst durchführen‹?«

»Erstens hast du dieses Sprichwort gerade eben erfunden. Das weiß ich, weil es keinen Sinn ergibt. Und zweitens mache ich das nicht! Nie im Leben! Und mit *nie* meine ich ein ›Ich-werde-niemals-Klassenbester‹–Nie.«

Shelley seufzte tief und lang, wie Jonathan es immer tat. Als Nächstes warf sie die Arme hoch und gab sich geschlagen. »Na schön, dann mach ich es eben selbst, du Riesenbaby!«

Sie stolzierte durch den Ausstellungssaal und schlängelte sich zwischen den Besuchern hindurch. Sie tat das mit einem solch erstaunlichen Selbstbewusstsein, dass Jonathan neidisch wurde. Sich so stark und selbstsicher zu bewegen, während man geradewegs ins Unbekannte marschierte: Das war wirklich beeindruckend. Oder völlig bekloppt. Oder beides, dachte Jonathan, während er zusah, wie Shelley ganz beiläufig die Scheibe einschlug und den Knopf drückte, über dem FEUERWEHR stand. Mit ohrenbetäubendem Lärm jaulten die Sirenen los. Eine Art Blinklicht blitzte in schneller Folge auf. Die Leute liefen wild durcheinander und suchten verzweifelt nach dem nächstgelegenen Ausgang. Shelley beobachtete das Spektakel mit einem breiten Grinsen im Gesicht.

Sie hatte ihren Job gut gemacht, zumindest schien sie selbst davon überzeugt. Doch gerade als Shelley sich verbeugen wollte, baute sich ein Wachmann mit hochrotem Kopf vor ihr auf. Er war ohne Zweifel stinkwütend.

»Warum hast du den Feueralarm ausgelöst?«, übertönte der Mann mit seinem Brüllen die Sirenen.

Shelley lächelte, weil sie sich geschmeichelt fühlte. Jemand anderer als ein Gorilla nahm Notiz von ihr.

»Ich fragte, warum hast du den Feueralarm ausgelöst?«, wiederholte der Mann, gerade als die Sirenen verstummten. »Junge Dame, du wirst mit mir kommen müssen.« Er packte Shelley unsanft am Arm.

»Sehen Sie den Jungen mit den schwarzen Haaren? Das ist mein Freund. Er begleitet mich, egal wohin ich gehe.«

Jonathan seufzte. »Ich werde das Gefühl nicht los, dass mich das irgendwann noch ins Gefängnis bringt.«

KAPITEL 10

»Langsam glaube ich, es ist schwerer, Freunde zu finden als den Weltfrieden zu erlangen.«
Dolly Smythe, 11, Phoenicia, New York

23. Oktober, 17:59 Uhr, Tate Britain, London, England

»Ich bin ja schon öfter befragt worden, aber noch nie in einem so hübschen Zimmer wie diesem«, sagte Shelley, als sie die beige Sitzgarnitur und die Topfpflanzen sah.

Jonathan, der auf einem der Sofas neben Shelley Platz nahm, nickte zustimmend.

»Rieche ich da etwa Lavendel? Mit einem Hauch von …«

»Miss?«, unterbrach ein übergewichtiger Mann sie barsch. »Mein Kollege hat mich davon in Kenntnis gesetzt, dass du den Feueralarm in der Turner-Ausstellung ausgelöst hast. Ist das korrekt?«

»Ja, das stimmt«, bestätigte Shelley und lümmelte sich in dem Sofa zurück.

»Setz dich wieder richtig hin!«, fauchte Jonathan.

»Entspann dich, Khaki, ich regle das schon.«

»Und du hast das gemacht, weil du es witzig fandest? Vielleicht in dem irrigen Versuch, den jungen Mann hier zu beeindrucken?«, fuhr der kahlköpfige Mann fort.

»Jonathan beeindrucken? Warum sollte ich? Dieser Typ betet mich an!«

»Ich denke, *anbeten* ist eine leichte Übertreibung. Ich mag dich – meistens zumindest. Obwohl du mir manchmal tierisch auf die Nerven gehst«, antwortete Jonathan ganz ehrlich.

»Folgendes, Officer – darf ich Sie Officer nennen?«, plapperte Shelley weiter und überging Jonathans Kommentar komplett.

»Nein, du darfst mich Mr Phillips nennen.«

»Mr Phillips, ich habe Rauch gerochen. Und als ernsthaft besorgte Bürgerin wollte ich keine Sekunde verlieren. Denn wie jeder gute Feuerwehrmann oder jede Feuerwehrfrau Ihnen bestätigen wird, kann das kleinste Zögern Leben kosten«, stellte Shelley mit dramatischer Geste fest.

Mr Phillips verengte die Augen, sah Shelley misstrauisch an und sagte: »Deine Geschichte klingt in meinen Ohren höchst zweifelhaft.«

»Nun, ich finde Ihr gesamtes Erscheinungsbild höchst zweifelhaft!«

»Mr Phillips!«, rief Jonathan mit lauter Stimme, um Shelley zu übertönen. »Meine Freundin hier ist nicht die hellste Kerze auf der Torte. Sie trägt zwar Brille und sieht aus wie die Superstreberin, aber in Wirklichkeit ist sie die größte Pfeife in unserer Klasse«, fuhr Jonathan fort und zog im selben Moment seine Taschenbuchausgabe von *Popcorn aus der Mikrowelle – schnell und einfach erklärt* aus der Jacke. »Rein zufällig habe ich eine Kopie von Shelleys Jahreszeugnis bei mir, wenn Sie sich das freundlicherweise ansehen möchten.«

Widerstrebend nahm Mr Philipps das Zeugnis entgegen und fing an, laut vorzulesen. »›Eine zutiefst enttäuschende Schülerin … nicht fähig, mithilfe simpler Logik die einfachsten mathematischen Schaubilder zu verstehen … Shelley wird, was ihre Noten betrifft, nie über Mittelmaßniveau hinauskommen.‹«

»Das ist doch zum Heulen, nicht wahr?«, stieß Jonathan seufzend aus.

Mr Pillips wandte sich Shelley zu und schenkte ihr ein herablassendes Lächeln.

»Wir können nicht alle was Besonderes sein, nicht wahr? Armes Ding, du wolltest wirklich nur helfen.«

23. Oktober, 18:38 Uhr, Straße in London, England

»Wenn du dich bei mir bedanken willst, jederzeit, tu dir keinen Zwang an«, sagte Jonathan, während sie sich von der Tate-Britain-Galerie entfernten. Leider ohne den Speicherstick, den sie eigentlich hatten holen wollen.

»Du erwartest, dass ich mich bei dir bedanke? Du hast mich

total blamiert! Man stelle sich vor, ausgerechnet *du* nennst mich *verrückt*«, zeterte Shelley. Tränen brannten ihr in den Augen.

Die Stimme in Shelleys Hinterkopf, die sie so krampfhaft auszublenden versucht hatte, wurde von Sekunde zu Sekunde lauter.

Es ist nicht Jonathans Schuld. Er hat das Zeugnis ja nicht geschrieben. Das waren deine Lehrer, und das bedeutet, dass das alles der Wahrheit entspricht. Du bist ein Niemand, Shelley. Ein unterbelichteter, beschränkter Niemand.

Shelleys Schultern sackten nach vorn, sie ließ den Kopf hängen und schloss die Augen.

»Alles in Ordnung mit dir?«

»Du weißt ja gar nicht, was für ein Glück du hast, dass deine Eltern dumm sind. Es ist so fürchterlich, der einzige Schwachkopf in einer Familie von Genies zu sein«, sprudelte es aus Shelley hervor.

»Ich bevorzuge den Ausdruck *intellektuell eingeschränkt,* das ist mir lieber als *dumm,* zumindest was meine Eltern betrifft. Und du bist kein Schwachkopf, Shells.«

»Doch, bin ich. Du hast doch gehört, was in meinem Zeugnis steht.«

»Dieses Zeugnis zeigt doch nur einen winzigen Bruchteil von dem, wer du bist. Mag sein, dass du in Mathe nicht gut bist und kein Ass in Geschichte. Du bist dafür in anderen Dingen gut, Dinge, von denen nichts in diesem Zeugnis steht«, erklärte Jonathan und legte Shelley den Arm um die Schulter.

»Was denn zum Beispiel?«

»Du hast eine lebhafte Fantasie«, antwortete Jonathan. »Weißt du noch, als du mir erzählt hast, du würdest in deinem nächsten Leben gern als Faultier zurückkommen, damit du alle 25 bis 30 Minuten ein Nickerchen machen kannst?«

»Faultiere sind toll«, sagte Shelley leise und fügte dann noch hinzu: »Ich schätze, meine Fantasie ist wirklich ziemlich einzigartig.«

»Und du bist immer optimistisch. Du siehst in allem das Positive. Wenn ein Waschbär in der Mülltonne verendet, denkst du: *Hey, wenigstens ist er bei einer Sache gestorben, die er wirklich gerne tut – beim Mülldurchstöbern*. Als lebenslanger Pessimist weiß ich aus eigener Erfahrung, wie viel besser es ist, wenn man mit Optimismus durchs Leben geht.«

Shelleys Schultern entspannten sich kaum merklich. Sie hob den Kopf, wischte die Tränen fort und lächelte zaghaft. Das war noch so was, was toll war an Shelley: Sie fing sich meist schnell wieder.

»Wem mache ich hier eigentlich was vor? Ich bin unglaublich, nicht wahr?«, verkündete Shelley, wobei sie sich wieder in Superhelden-Pose warf – die Schultern gestrafft, Hände in die Hüften gestemmt.

»Ja, du bist unglaublich, Shells. Und das meine ich ernst.«

»Würdest du sagen, ich bin so was wie dein Vorbild? Jemand, an den du denkst, wenn du in der Klemme steckst?«

Jonathan konnte nicht anders, er musste grinsen. »Wenn du dich dann besser fühlst, klar, warum nicht.«

23. Oktober, 20:12 Uhr, BJS-Zentrale, London, England

Randolph wirkte noch zerzauster als sonst. Sein Haar war an den Seiten etwas flach gedrückt und hätte einen Kamm dringend nötig gehabt. Er marschierte vor Jonathan, Shelley, Darwin, Oli und Hattie auf und ab und machte einen besorgten Eindruck. Nicht dass Jonathan und Shelley sich groß um seine angespannte Miene gekümmert hätten. Sie starrten total gebannt auf sein Glasauge. Das steckte mal wieder fest und schielte auf seine eigene Nase.

»Beißerchen, ich bin mir so gut wie sicher, dass Nina demnächst mit den Abgeordneten in Kontakt treten wird – und zwar mit denen aus Sussex und Kent. Die Abstimmung wegen der Bohrungen in den Naturschutzgebieten steht vor der Tür.«

»Mach dir keine Sorgen, Darwin. Wir haben bereits die nötigen Vorkehrungen getroffen«, antwortete Randolph, während er weiter auf und ab lief.

»Warum haben Sie uns das nicht früher gesagt?«

»Weil ich euer Boss bin, und weil du nicht aufhörst, mich Beißerchen zu nennen!«, blaffte Randolph.

»Was ist denn der Plural von Beißerchen? Beißerchens?«, wollte Hattie wissen, die in der Zimmerecke stand.

»Beißerchen ist Singular und Plural gleichzeitig, hast du das vergessen?«, antwortete Jonathan, insgeheim erfreut, dass er endlich auch einmal einen der BJS-Agenten belehren konnte.

»Ach ja, stimmt«, sagte Hattie, ehe sie sich wieder ihrem neuen Hobby widmete: Löcher in die Luft starren.

»Wissen Sie noch, Randolph?«, meinte Oli, der sich nun erhob. »›Es ist nicht wichtig, bei welchem Namen man dich nennt. Es ist wichtig, auf welchen du hörst.‹ W. C. Fields.«

»Komm schon, Beißerchen, du machst einen viel zu großen Wirbel deswegen. Brillenschlange und Khakihose beklagen sich auch nicht!«, sagte Darwin.

»Eigentlich habe ich mich schon beklagt«, stellte Shelley fest und schob die Brille auf der Nase nach oben. »Und zwar ziemlich ausgiebig, wenn man es genau nimmt.«

»Ihr Name ist Beißerchen?«, fragte Hattie an Randolph gewandt, wobei sie abwesend mit ihrer Perlenkette spielte. »Du liebe Güte, ich fürchte, ich habe Sie die ganze Zeit beim falschen Namen genannt. Aber keine Sorge, Beißerchen, ich mache das mit einem Mince Pie wieder gut. Oder einem Schokoriegel. Ich liebe Schokolade, und Sie? Moment. Wovon sprach ich gerade? Ach ja, Löcher in den Zähnen. Schrecklich, nicht wahr?«

Mit vor Angst weit aufgerissenen Augen beugte Jonathan sich zu Shelley und flüsterte ihr zu: »Ein Tropfen Fledermausspucke und meine Eltern sehen neben mir aus wie Nobelpreisträger.«

»Mein Name ist nicht Beißerchen!«, pflaumte Randolph Hattie an, ehe er die Fassung zurückgewann. »Oh, entschuldige,

Hattie, ich weiß ja, dass du neuerdings nicht mehr du selbst bist.«

»Ich schätze, da braucht jemand dringend eine Umarmung, vielleicht sogar zwei«, sagte Shelley und trat mit weit ausgebreiteten Armen auf Randolph zu.

»Die Lage muss extrem schlimm sein, denn das klingt in meinen Ohren nicht mal so übel«, sagte Randolph und tupfte sich die schweißüberströmte Stirn mit einem Taschentuch ab, das sein Monogramm trug. »Der Premierminister verliert allmählich die Geduld. Wir müssen Nina finden, bevor sie noch jemanden infiziert.«

»Wir alle wollen Nina finden«, entgegnete Oli. »Wir haben nur keinen Schimmer, wo wir nach ihr suchen sollen.«

»Wie wäre es, wenn Johno und ich uns Ninas Zimmer im Internat ansehen würden? Vielleicht fällt uns ja etwas auf, das euch entgangen ist?«, schlug Shelley vor.

»Ich denke nicht, dass das nötig ist«, erwiderte Oli barsch. »Wir waren ziemlich gründlich. Schließlich sind wir Profis.«

»Genau wie wir«, stellte Jonathan klar.

»Ich finde, es kann nicht schaden, wenn wir die Amerikaner noch mal einen Blick in das Zimmer werfen lassen«, verkündete Randolph, woraufhin Oli und Darwin nervöse Blicke wechselten.

Die Reaktion der BJS-Jungs weckte wiederum die Neugier von Jonathan und Shelley. Betrachteten die sie wirklich als so große Konkurrenten? Oder steckte etwas ganz anderes dahinter?

24. Oktober, 10:00 Uhr, Evergreen-Internat, London, England

Auf dem Schulgelände des Evergreen-Internats standen verwitterte Kalksteingebäude, umgeben von fein säuberlich gestutzten Hecken. Alles wirkte sehr nobel, hatte aber auch etwas Angestaubtes. Jedenfalls hatte das Ganze etwas, das Shelley gegen den Strich ging.

»Geht es nur mir so oder schauen diese hochnäsigen Kids mit ihren perfekten kleinen Nasen uns von oben herab an?«, wollte Shelley von Jonathan wissen, während die beiden auf das Wohnheim Nummer drei zugingen.

»Wie sollen sie uns denn beurteilen, wenn sie uns gar nicht wahrnehmen?«, gab Jonathan zurück.

»Da ist was dran«, lenkte Shelley ein, ehe sie in den grauen Himmel blickte. »Bei dem Wetter kommt mir glatt der Gedanke, dass die globale Erwärmung vielleicht doch nicht so schlecht ist.«

Jonathan schenkte Shelley keine Beachtung. Schließlich war es schon eine Herausforderung, sich den lieben langen Tag ihr sinnloses Gequassle anzuhören. Doch diesmal hatte Jonathan nicht nur abgeschaltet, vielmehr lauschte er ganz gebannt auf zwei Leute.

»Mir ist klar, dass du mir nach dem Vorfall im Zoo nicht mehr glauben wirst, aber wir werden verfolgt«, verkündete Jonathan.

»Lass mich raten – dir ist aufgefallen, dass sich ein Mädchen in rot-grauer Uniform an unsere Fersen geheftet hat«, sagte Shelley mit einem selbstgefälligen Grinsen, während sie sich auf dem Schulhof umblickte, auf dem es vor Mädchen in rot-grauen Uniformen nur so wimmelte.

»Nein, es sind Darwin und Oli«, sagte Jonathan und sah über den Rasen. »Nur dass sie uns immer wieder aus den Augen verlieren. Einem Unsichtbaren zu folgen, ist kein leichter Job, nicht einmal für ausgebildete Profis.«

»Bestimmt haben sie Angst, wir könnten etwas finden, das sie übersehen haben. Und deswegen hoffe ich inständig, dass wir tatsächlich was entdecken!«

24. Oktober, 10:15 Uhr, Ninas Zimmer, Evergreen-Internat, London, England

Ein Bett aus Holz. Eine Kommode. Und ein Schrank. Ninas Zimmer wirkte kalt und unpersönlich, abgesehen von ein paar Topfpflanzen und Fotos.

»Farn erinnert mich immer an Arztpraxen und *Büchereier*. Beides sind Orte, an denen ich ungern meine Zeit verbringe«, sagte Shelley, während Jonathan den Kopf schüttelte und sich dem Drang widersetzte, seine Freundin zu verbessern, weil das Wort Büchere*ien* hieß.

Als Shelley sich die Reihe von Topfpflanzen auf dem Fensterbrett ansah, fiel ihr ein Foto von Ninas Großmutter vor einer Bäckerei auf.

»Das muss der Laden sein, von dem in der E-Mail die Rede war, Petit Vier oder so.«

»Hmm«, überlegte Jonathan, während er die Schranktür öffnete.

»Was soll denn dieses *Hmm* bedeuten?«

»Sprühdosen sind schlecht für die Umwelt«, sagte Jonathan und hielt eine Dose Deo, eine Dose Haarspray und eine Dose Lufterfrischer hoch.

»Davon war Nina offenbar nichts bekannt.«

»Shells, wenn *ich* schon weiß, dass die der Umwelt schaden, glaub mir, dann weiß Nina das hundertpro auch.«

»Vielleicht hat sie die ja von anderen Leuten konfisziert, ein bisschen so, wie ich es mit deiner Sammlung an Khakihosen versucht habe.«

»Möglich«, murmelte Jonathan und dann fiel sein Blick auf den Mülleimer in der Ecke.

Der mittelgroße Korb quoll über von zerknülltem Papier, ein paar angebissenen Sandwiches und einer ganzen Ladung an leeren Getränkedosen.

»Shells, irgendwas stimmt hier nicht. Eine radikale Umweltaktivistin, die ihre Aludosen nicht recycelt und Sprühdeo und Haarspray benutzt? Das gibt es nicht.«

Shelleys Augen weiteten sich. »Denkst du das, was ich denke?«

»Ich hab dir doch gerade erklärt, was ich denke. Schon vergessen?«

»Wie leichter das Leben doch wäre, wenn wir gegenseitig unsere Gedanken lesen könnten. Obwohl, deine Gedanken zu lesen, das könnte auch tierisch öde sein, also ehrlich, ich schlaf ja schon fast ein, wenn ich nur daran denke.«

»Shells?«

»Ja, Johno?«

»Sagst du mir jetzt bitte einfach, was du gedacht hast?«

»Wir sollten Ninas Oma einen Besuch abstatten. Die beiden scheinen sich nahezustehen. Bestimmt weiß sie mehr.«

»Das ist tatsächlich eine ausgezeichnete Idee.«

Shelley lächelte stolz und boxte Jonathan zum Spaß gegen die Schulter. »Denk dir nichts. Ich bin mir sicher, irgendwann mal wirst du auch so einen genialen Einfall haben.«

»Alle Menschen haben dumme, halbgare Ideen – nur ich spreche sie zufällig laut aus.«

Joshua Bowyer, 11, Brunswick, Vermont

24. Oktober, 14:35 Uhr, im Haus von Mrs Mitford, Castle Combe, England

»Ich hoffe, Sie finden das nicht unangebracht«, sagte Shelley zu Mrs Mitford, Ninas gepflegter und rüstiger Großmutter, während sie bei ihr im Wohnzimmer saßen und Tee tranken. »Aber Sie riechen wirklich gut, nach Butterkeksen und Zimt.«

»Danke, meine Liebe«, erwiderte Mrs Mitford, während sie an einem losen Faden am Sofa herumzupfte. »Ich muss zugeben, ich bin eine richtige Naschkatze. War ich schon immer. Ich kann es nicht so recht erklären, aber Kekse und Kuchen machen mich überglücklich.«

»Wissen Sie, was mich glücklich macht? Eine Dose Cola zu öffnen und auf meiner Luftgitarre zu spielen«, meinte Shelley.

»Ich kann dir leider nicht folgen«, sagte Mrs Mitford verunsichert. Offenbar verwirrte sie Shelleys unzusammenhängendes Geplapper ziemlich.

»Keiner kann Shelley folgen«, warf Jonathan ein. »Aber jetzt zu Nina. Hat sie sich immer schon so leidenschaftlich für die Umwelt eingesetzt? Oder interessiert sie sich erst seit Kurzem dafür?«

»Für die Umwelt? Du meinst die freie Natur?« Mrs Mitford gluckste vergnügt. »Nina hasst die Natur. Sie hat eine Heidenangst vor Spinnen und Insekten. Als Kind hat sie in ihrem Zimmer immer Insektenschutzmittel versprüht. Das ganze Haus stank wie eine Chemiefabrik.«

»Nina steht also nicht auf Campen, zeigt aber großes Engagement, wenn es darum geht, die Natur vor Umweltverschmutzung und Abholzung zu schützen? Vielleicht sogar ein bisschen zu extrem?«, drängte Jonathan weiter.

»Nina würde niemals ein Unternehmen unterstützen, das den Regenwald zerstört oder Chemikalien in einen Fluss laufen lässt, aber das heißt nicht, dass sie sonderlich viele Gedanken an derlei Dinge verschwendet«, erklärte Mrs Mitford und hielt dann inne, um zu lächeln. »Es grenzte schon fast an ein Wunder, dass ich sie endlich davon überzeugen konnte, ihre Wasserflaschen zum Recyclingmüll zu bringen und sie nicht einfach in die Tonne zu werfen. Teenager sind ja manchmal so was von faul, wie eure Eltern sicher bald feststellen werden.«

»Ich weiß genau, wie das ist. Meine Eltern sind auch stinkfaul«, steuerte Jonathan bei.

»Nina ist also kein Ökofreak? Sie wettert nicht gegen Leute, die Papier verschwenden oder während des Zähneputzens das Wasser laufen lassen?«, hakte Shelley nach, offensichtlich verwirrt, weil die Informationen über Nina so widersprüchlich waren.

»Oh, die Dusche! Nina lässt das Wasser immer ganze fünf Minuten laufen, bevor sie sich drunterstellt. Sie hat es gern so warm wie in einem Dampfbad«, sagte Mrs Mitford lachend. »Sie ist wirklich ein wunderbares Mädchen – aber eine Umweltschützerin, nein, das ist sie nicht.«

Jonathan runzelte die Stirn. Langsam bekam er Kopfschmerzen von der ganzen Sache. Wie konnte es sein, dass Ninas Kollegen und Familie ein so unterschiedliches Bild von ihr hatten? Wer kannte die echte Nina?

»Nur damit wir uns nicht missverstehen, Sie stehen Ihrer Enkeltochter recht nahe, oder?«, erkundigte sich Jonathan.

»Sehr nah«, bestätigte Mrs Mitford und fügte noch hinzu: »Ihr stellt wirklich sonderbare Fragen. Woher, sagtet ihr noch mal, kommt ihr?«

»Von der Evergreen-Schülerzeitung. Wir arbeiten an einem Porträt über Nina für die nächste Ausgabe«, erklärte Shelley.

»Nun denn, dann solltet ihr vielleicht mit diesem Jungen reden, von dem sie dauernd spricht … Charles … nein … David … nein … Darwin, ja, das ist es. Darwin, so wie der Evolutionsforscher.«

Jonathan nickte nachdenklich. »Das werden wir, darauf können Sie sich verlassen.«

24. Oktober, 16:48 Uhr, ein Bahnhof, London, England

»Vielleicht bildet die alte Dame sich das nur ein, dass sie ihrer Enkelin nahesteht«, sagte Shelley zu Jonathan, als sie aus dem Zug stiegen und sich unter die Massen von Pendlern mischten, die auf dem Heimweg waren. »Schließlich verbergen Teenager gern Dinge vor ihren Eltern, warum also nicht auch vor den Großeltern?«

»Teenager verbergen *schlimme* Dinge, nicht dass sie Müll recyceln und sich für die Rettung der Erde einsetzen.«

»Aber Nina ist Spionin. Und Spione sind nicht nur professionelle Lügner, sie können von Berufs wegen bestens Geheimnisse bewahren«, überlegte Shelley.

»Ich weiß nicht, Shells. An der Sache ist doch was faul.«

Shelley schob ihre Brille ein Stück nach unten und sah Jonathan fest in die Augen.

»Wenn was faul und fischig riecht, sollte man im Aquarium nachsehen. Denn dann ist der Fisch darin wahrscheinlich tot.«

»Was soll das jetzt heißen?«

»Das bedeutet, wenn man denkt, irgendwas stimmt nicht, dann ist es so. Oder es heißt, dass der Fisch tot und es höchste Zeit ist, ihn in der Toilette runterzuspülen«, erklärte Shelley, die im selben Moment einem besonders zügig gehenden Pendler auswich.

»Dein Fisch ist tot? Willst du, dass ich eine Autopsie durchführe?«, mischte sich eine vertraute Stimme hinter ihnen ein. Jonathan und Shelley fuhren erschrocken herum.

Schwester Maidenkirk war in dem schnittigen schwarzen Hosenanzug kaum wiederzuerkennen. Neben ihr stand niemand anderer als Hammett, wie üblich gekleidet in seinen doppelreihigen Nadelstreifenanzug.

»Wäre es nicht einfacher, uns eine SMS zu schicken, wenn Sie sich mit uns treffen wollen? Statt immer unvermittelt aufzutauchen?«, fragte Shelley verwundert.

»Textnachrichten sind eine riskante Sache. Da kommt man leichter ran als an den Inhalt einer Packung Käsemakkaroni. Und jetzt mir nach, Kinder«, sagte Hammett und führte sie in eine ruhige Ecke abseits vom Bahnhofstrubel.

Nachdem sie Hammett und Schwester Maidenkirk auf den aktuellen Stand gebracht hatten, was die neuesten Entwicklungen betraf, entspannten Jonathan und Shelley sich ein wenig. Hammett hatte etwas Tröstliches an sich, beinahe etwas Väterliches. Auf ihn war Verlass, ihm konnten sie vertrauen, was sie aktuell über niemanden sonst sagen konnten. Zumindest über niemanden hier in England.

»Geht noch mal ganz zurück zum Ursprung dieser Umweltschützergeschichte«, sagte Hammett und zog den Zahnstocher aus dem Mund. »Wer hat euch erzählt, dass Nina Umweltaktivistin ist?«

»Premierminister Falcon«, antwortete Shelley.

»Und von wem weiß es der Premierminister?«

»Von Randolph«, erwiderte Jonathan.

»Und wer hat es Randolph erzählt?«

»Darwin, Oli und Hattie«, antwortete Jonathan wieder.

»Vielleicht hat jemand was missverstanden?«, mutmaßte Hammett.

»Die sind nicht die Sorte Menschen, die was missverstehen«, widersprach Jonathan. »Die sind so detailversessen, dass es schon nervt.«

»Das stimmt. Sie sind noch schlimmer als Jonathan«, fügte Shelley hinzu.

»Es steckt also mehr dahinter, als es den Anschein hat«, stellte Hammett fest und schob sich den Zahnstocher wieder in den Mund. »Ihr müsst rausfinden, was. Und zwar schleunigst. LIQ-30 ist ein wirklich gefährliches Virus, besonders für Leute wie euch. Für durchschnittliche Kinder, die keiner wahrnimmt und die es sich nicht leisten können, noch mehr von ihrer Intelligenz und Konzentration einzubüßen. Ihr habt einfach nicht genug davon!«

»Die Geschichte der Viren reicht weit zurück und ist höchst interessant«, sann Schwester Maidenkirk nach. »Wusstet ihr, dass die Spanische Grippe ganze 50 Millionen Todesopfer forderte?«

»Nein, wusste ich nicht«, entgegnete Jonathan tonlos.

»Und wusstet ihr, dass im Verlauf des 20. Jahrhunderts etwa 300 Millionen Menschen an den Pocken starben?«

»Nö«, antwortete Shelley. »Aber um ehrlich zu sein, hätte ich auch gut ohne dieses Wissen leben können.«

»Hört her, Kinder«, sagte Hammett, der Jonathan und Shelley nun beiden eine Hand auf die Schulter legte. »Alle unbedeutenden Personen dieser Welt zählen auf euch. Enttäuscht sie bitte nicht.«

24. Oktober, 16:48 Uhr, Restaurant, London, England

Nach ihrer Unterhaltung mit Hammett wurde Jonathan und Shelley bewusst, dass sie den Dingen nur auf den Grund gehen konnten, wenn sie die Spione selbst ausspionierten, also Oli, Hattie und Darwin. Und auch wenn Jonathan und Shelley nur einen Bruchteil der Erfahrung der BJS-Agenten im Spionagegeschäft hatten, machte ihre Unsichtbarkeit die Verfolgung der Zielpersonen zu einem Kinderspiel.

»Was denkst du?«, fragte Jonathan an Shelley gewandt, als sie in den zentralen Speisebereich des Restaurants hineinspähten, wo Oli, Hattie und Darwin saßen.

»Die Garderobe«, sagte Shelley und deutete auf eine Tür ganz in der Nähe. »Da sieht uns keiner, und trotzdem können wir ein Auge auf sie haben.«

»Gute Idee«, erwiderte Jonathan, und schon huschten die beiden in die Nische. Am Boden kauernd linsten sie hinter den Jacken und Mänteln hervor.

»Ich will ja nicht nerven«, sagte Shelley, »aber dass ich diesen Raum entdeckt habe, war nicht nur eine gute, sondern sogar eine *geniale* Idee.«

»Weißt du, was ich so an dir mag, Shells?«

»Alles.«

»Du scheust dich nicht, dich selbst zu loben und mit Komplimenten zu überhäufen«, sagte Jonathan.

»Habe ich eine Wahl? Ich bin eine Unsichtbare. Wer soll mir denn sonst Komplimente machen?«, erwiderte Shelley, während sie zusah, wie ein Kellner sich dem Tisch von Darwin, Oli und Hattie näherte, mit einem Brotkorb und einer Flasche Olivenöl in den Händen.

Jonathan keuchte erstaunt auf. »Hast du das gesehen?«

»Natürlich hab ich es gesehen!«, gab Shelley zurück. »Aber für den Fall, dass es mir doch entgangen ist, sag es mir doch einfach?«

»Hattie hat gleichzeitig mit Darwin gelacht, nachdem Oli etwas gesagt hat – sie hat den Witz offenbar verstanden. Wie konnte sie den so schnell begreifen? Wegen der Infektion müsste sie eigentlich zwei bis drei Minuten brauchen, bis sie etwas kapiert, das über einen einfachen Klopf-klopf-Witz hinausgeht. Vorausgesetzt, sie kann sich überhaupt lange genug konzentrieren, um sich einen solchen Witz zu Ende anzuhören!«

»Vielleicht war das auch ein vorauseilendes Lachen«, schlug Shelley vor.

»Dieses Lachen gibt es doch gar nicht. Das hast du nur erfunden, um zu erklären, warum du gelacht hast, als du keinen Schimmer hattest, wer Neville Chamberlain ist!«

Shelley nickte. »Ach so, ja, richtig.«

Unvermittelt packte Jonathan Shelley an der Schulter. »Was, wenn Hattie sich gar nicht mit LIQ-30 infiziert hat? Was, wenn sie das alles nur vortäuscht?«

»Johno, du weißt doch, ich ziehe nur zu gern voreilige Schlüsse, darin bin ich Expertin. In meinem Lebenslauf steht das sogar unter Hobbys. Okay, das Letzte war gelogen, aber du verstehst schon, worauf ich hinauswill. Sie hat gelacht, na und? Reicht das wirklich, um daraus zu schließen, dass sie uns die Ansteckung mit LIQ-30 nur vorgaukelt? Vielleicht hat sie ja über einen Witz gelacht, den Oli schon vor fünf Minuten gemacht hat? Da wir sie nicht hören, können wir leider auch nichts mit Gewissheit sagen.«

»Du hast recht.«

Shelley grinste. »Oh, diese drei kleinen Worte werden nie langweilig, oder!«

»Die werden vielleicht für *dich* nie langweilig.«

»Ach, hör doch auf, du immer mit deinen Details!«

»Bist du sicher, dass du nicht Abteil meinst?«

»Sie setzen sich in Bewegung!«, verkündete Shelley, als Oli, Darwin und Hattie vom Tisch aufstanden und sich entfernten.

Jonathan und Shelley eilten aus dem Restaurant. Das Trio setzte sich gerade in ein Taxi.

»Los, komm«, sagte Shelley und zerrte Jonathan auch schon auf ein wartendes Taxi zu.

»Aber wir haben doch kein Geld!«

»Dann händigen wir dem Fahrer eben einen Schuldschein aus!«

»Keiner akzeptiert heutzutage mehr Schuldscheine!«, protestierte Jonathan. »Die würde ich ja nicht mal beim Monopoly annehmen!«

»Ach, vergiss es!«, ächzte Shelley, als das Taxi mit den BJS-Agenten losbrauste. »Es ist ohnehin zu spät. Sie sind weg.«

24. Oktober, 20:00 Uhr, Downing Street Nummer 10, London, England

Mrs Cadogan saß am Küchentisch und lächelte Jonathan und Shelley freundlich an, während sie riesige Portionen Eintopf auf ihre Teller schaufelte.

»Ich habe Piper, unsere Katze, das Fleisch vor einer Stunde probieren lassen. In der Regel wirkt Gift in weniger als 60 Minuten.«

»Und Piper ist noch am Leben?«, hakte Shelley zur Sicherheit nach.

»Ja, das ist sie«, bestätigte Mrs Cadogan, während sie ihren drallen Körper in einen Sessel zwängte und sich dann rasch einen Riesenlöffel Essen in den Mund schaufelte.

Nachdem er den ersten Bissen hinuntergeschluckt hatte, sah Jonathan Mrs Cadogan an und lächelte. »Das ist wirklich köstlich.«

»Vielen Dank«, erwiderte Mrs Cadogan geschmeichelt. »Und jetzt, Kinder, sagt mir: Habt ihr euch noch weitere Fragen überlegt?«

»Fragen?«, wiederholte Shelley.

»Ihr wolltet in letzter Zeit so viel wissen.«

»Ach, wollten wir das?«, fragte Jonathan verwundert.

»Fast jede Stunde kamt ihr mit einer neuen Frage an. Zu meiner Zeit brachte man Kindern noch Respekt vor älteren Personen bei! Statt sie mit Fragen zu löchern!«, erklärte Mrs Cadogan. Dann hielt sie unvermittelt inne und sah sich im Zimmer um. »Versteckt sich da jemand im Schrank?«

Jonathan schüttelte den Kopf. »Nein, Mrs Cadogan, da ist keiner.«

»Wenn ihr jemanden erwischt, der sich im Schrank versteckt, dürft ihr ihm nicht trauen, Kinder! Diese Menschen sind nicht das, was sie vorgeben zu sein.«

»Ich war mal drei Stunden in einen Schrank eingesperrt«, sagte Shelley und schloss die Augen, als versuchte sie sich angestrengt daran zu erinnern. »Meine Schwester war der Ansicht, ich hätte eine Gefängnisstrafe verdient, weil ich ihren Puppen die Köpfe abgehackt hatte.«

Jonathan stieß einen lang gezogenen Seufzer aus und schüttelte den Kopf, ehe er fragte: »Warum, Shells? Warum nur?«

»Die Puppen hielten sich für was Besseres, total überheblich. Aber denen hab ich's gezeigt, nicht wahr?«

»Sie kommen«, verkündete Mrs Cadogan in unheilvollem Ton. »Sie kommen, um euch zu holen. Heute Nacht.«

»Gut zu wissen«, erwiderte Jonathan leichthin. »Könnten Sie mir wohl bitte das Salz reichen?«

25. Oktober, 1:02 Uhr, Downing Street Nummer 10, London, England

Jonathan setzte sich kerzengerade im Bett auf. Übelkeit stieg in ihm hoch. Er zitterte, fühlte sich schwach und flau im Magen. Ein unbekanntes Gefühl ergriff von ihm Besitz, eines, das er bislang nur selten verspürt hatte – Heimweh. Im Moment war es ihm egal, dass seine Mutter und sein Vater ihn immer mit Schokoriegeln, Limonade und Videospielen gesund pflegten, wenn er krank war. Und da er sich so hundeelend fühlte, vermisste er seine Eltern schmerzlich.

Shelley stand stöhnend gegen den Türrahmen gelehnt da und meinte: »Ich fühle mich nicht so gut.«

»Ich auch nicht«, jammerte Jonathan.

»Sie haben euch vergiftet!«, schrie plötzlich Mrs Cadogan.

Jonathan wandte den Kopf zu der alten Dame. »Sind Sie und Piper okay?«

»Uns geht es bestens«, antwortete Mrs Cadogan mit der Katze auf dem Arm.

»Wie ist das möglich? Wir haben doch das Gleiche gegessen«, stellte Shelley fest.

»Nein! Der Kuchen. Unser *Lieblings*kuchen!«, stöhnte Jonathan.

»*Der Möhrenkuchen!*«, dämmerte es nun auch Shelley, die zu Boden sackte, weil sie zu schwach war zum Stehen.

»Haben Sie den Möhrenkuchen selbst gebacken?«, erkundigte sich Jonathan bei Mrs Cadogan, während er sich gleichzeitig aus dem Bett hievte, um Shelley zu Hilfe zu eilen.

»Nein, natürlich nicht! Wir sind mitten im Krieg! Ich hätte doch gar nicht die nötigen Zutaten, um einen Kuchen zu backen!«, antwortete Mrs Cadogan. Vermutlich spielte sie auf die beschränkte Verfügbarkeit von Lebensmitteln wie Mehl und Zucker während des Zweiten Weltkriegs an.

»Und woher kommt dann der Kuchen?«, erkundigte sich Shelley, die am Boden lag und sich krümmte.

»Der Kuchen wurde heute Nachmittag geliefert, adressiert an euch beide«, erklärte Mrs Cadogan.

»Haben Sie den Karton noch?«, wollte Jonathan wissen, der mittlerweile grün im Gesicht war.

»Schachteln von der Bäckerei Petit Four schmeiße ich nie weg. Die sind viel zu hübsch«, sagte Mrs Cadogan.

Jonathan drängte sich an ihr vorbei ins Badezimmer.

Shelley machte ein finsteres Gesicht und schlug schwach mit der Hand auf den Boden. »Ninas Lieblingsbäckerei.«

25. Oktober, 8:01 Uhr, BJS-Zentrale, London, England

Nachdem sie den letzten Krümel Möhrenkuchen von sich gegeben und ein paar Stunden geschlafen hatten, hatten Jonathan und Shelley zum Glück wieder genug Kraft, um sich ins BJS-Hauptquartier zu schleppen, wo sie sich mit Randolph, Darwin, Oli und Hattie trafen.

»Nina hat euch eine Warnung geschickt, damit ihr sie in Ruhe lasst«, meinte Darwin, als er von der speziellen Lieferung hörte, die Jonathan und Shelley am Abend zuvor erhalten hatten. »Das nächste Mal greift sie vielleicht zu drastischeren Maßnahmen.«

»Drastischer als uns in einem mittelalterlichen Schacht zu ertränken und uns mit Kuchen zu vergiften?«, fragte Shelley mit einem abfälligen Schnauben. »Geht das denn überhaupt noch?«

Darwin zog die Augenbrauen hoch und deutete mit einer Geste auf Hattie, die auf den Bildschirmschoner des Computers starrte.

»Was für ein glorreicher Tag!«, bemerkte Hattie gerade. »Wir müssen unbedingt nach draußen gehen. Seht doch, wie schön die Sonne auf dem Wasser glitzert.«

Ein leichtes Beben stieg in Jonathan auf. Von den Zehen her breitete es sich in die Beine aus und setzte sich in seinen Bauch und Brustkorb fort. Seine Lungen fühlten sich an wie zugeschnürt. Er hatte Mühe zu atmen. Angst ergriff Besitz von ihm. Jonathan war wie versteinert, bei dem Gedanken, er könnte den letzten Rest seiner Intelligenz einbüßen. Er hatte ja ohnehin Mühe, sich durchs Leben zu kämpfen. Was würde wohl passieren, wenn er noch dümmer wurde, noch wirrer im Kopf wäre? Er wäre dann restlos von seinen Eltern abhängig. Und wie Jonathan schon als kleines Kind hatte lernen müssen, als seine Eltern ihn einmal in der Tiefkühlabteilung des Supermarktes vergessen hatten, waren seine Mutter und sein Vater zwar sehr nette Leute, aber leider war überhaupt kein Verlass auf sie.

»Jonathan? Du siehst ein bisschen mitgenommen aus«, meinte Oli mit sorgenvoll gerunzelter Stirn.

»Je nachdem, womit Nina euch vergiften wollte, kann es sein, dass da immer noch Spuren von dem Zeug in eurem Körper sind. Deswegen fühlt ihr euch wahrscheinlich nicht so gut«, sagte Darwin und stellte ein Glas Wasser vor Jonathan hin.

»Kein Grund zur Beunruhigung, die grüne Farbe in Jonathans Gesicht ist nur einer von seinen vielen Partytricks«, erklärte Shelley, während sie ihn von seinem Stuhl hochzog und ihm ins Ohr flüsterte: »Reiß dich zusammen, wir sind Spione. Es geht nicht, dass wir bei der bloßen Erwähnung unserer intellektuellen Vernichtung im Gesicht grün anlaufen!«

»Du konntest immer schon gut mit Worten umgehen«, sagte Jonathan, ehe er sich den anderen zuwandte. »Ich glaube, ich gehe ein wenig an die frische Luft.«

Wenige Augenblicke, nachdem Jonathan gegangen war, stand Shelley auf und verkündete: »Ich sollte ihn vielleicht besser begleiten, nur für den Fall, dass er von einem Bus überfahren wird und jemand seinen Leichnam identifizieren muss.«

25. Oktober, 8:26 Uhr, Straße in London, England

»Ihr konntet also nichts Beweiskräftiges herausfinden, als ihr Hattie, Oli und Darwin gefolgt seid?«, erkundigte sich Hammett, der mit Jonathan, Shelley und Schwester Maidenkirk am Rande eines Platzes zusammenstand.

»Wir haben nur gesehen, wie Hattie über einen Kommentar von Oli zu lachen schien. Aber weil wir nicht hören konnten, worüber sie sich unterhielten, können wir es nicht mit Gewissheit sagen«, erwiderte Jonathan.

»Was wir allerdings ganz sicher sagen können, ist, dass wir vergiftet wurden, und zwar mit einem Kuchen, den Ninas Lieblingsbäckerei uns geschickt hat«, erklärte Shelley, woraufhin sie verstummte und sich das Kinn rieb. »Was ich nicht verstehe, ist, woher sie wusste, dass wir am liebsten Möhrenkuchen essen.«

»Vielleicht ein Zufallstreffer?«, riet Jonathan und schauderte. »Ich weiß nicht, was sie in den Kuchen getan hat, aber mir war in meinem ganzen Leben noch nie so übel.«

»Spionage und Gift gehören zusammen wie Erdnussbutter und Marmelade«, mischte Schwester Maidenkirk sich ein. »Wusstet ihr, dass vor gar nicht langer Zeit ein Agent hier in London mit Polonium-210 getötet wurde? Aber Spione waren schon immer recht erfinderisch, wenn es um Tötungsmethoden ging.

Tod durch Vergiften. Tod durch Allergien. Tod durch Treppen. Tod durch Ertrinken. Tod durch …«

»Wir haben verstanden«, fiel Hammett Schwester Maidenkirk ins Wort, ehe er seine Aufmerksamkeit wieder auf Jonathan und Shelley richtete. »Ich weiß genau, dass ihr Angst habt, Kinderchen, denn wem würde es verdammt noch mal nicht so ergehen? Ihr bekommt gerade die volle Breitseite ab. Das ist hart. Fies. Gnadenlos. Da ist jemand, der nimmt alles in Kauf, nur um euch loszuwerden.«

Shelley schob sich das wirre blonde Haar aus dem Gesicht und nickte. »Deswegen haben wir Angst.«

»Sollte Nina uns mit dem LIQ-30 infizieren, kämen unsere Eltern in unseren Augen nicht damit klar«, gab Jonathan zu.

»Keine Sorge, Kinder. Wir kümmern uns schon um unsere Leute. Darauf gebe ich euch mein Wort«, stellte Hammett ungerührt fest. »Und wenn ihr beide euch einfach aus dem Staub machen wollt, die Biege machen, verstehe ich das auch.«

»Sie meinen, wenn wir aussteigen wollen?«, hakte Shelley nach.

»Genau. Eine kleine Verschnaufpause von diesem ganzen Spionagespiel«, sagte Hammett. »Das ist nicht jedermanns Sache.«

»Wir sind nicht jedermann«, entgegnete Shelley, schien dann aber zu überlegen. »Obwohl, eigentlich sind wir das schon.«

Jonathan schüttelte den Kopf. »Wir steigen nicht aus. Nicht jetzt. Und auch sonst nicht. Das ist alles, was wir im Leben haben. Und wir laufen nicht weg, ganz gleich, wie brenzlig es wird.«

»Da ist er ja wieder«, sagte Shelley und hob die Hand, um ihn abzuklatschen. »Das ist der Grund, weshalb dieser Junge hier mein Held ist. Zumindest in acht Prozent der Fälle.«

»Vor ein paar Tagen sagtest du noch was von elf Prozent«, warf Jonathan ein.

»Ach, hab ich das? Nimm es nicht persönlich. Zahlen waren noch nie mein Ding.«

»Ihr beide seht schrecklich müde aus«, sagte Schwester Maidenkirk, während sie die Mienen von Jonathan und Shelley eingehend musterte. »Doch keine Sorge. Ich habe zufällig eine Vitaminspritze dabei«, fuhr sie fort und zog eine beängstigend lange Nadel aus der Tasche ihres Kleides.

»Lassen Sie die Kinder in Frieden, Maidenkirk! Die haben schon genug Probleme«, sagte Hammett und steckte sich einen neuen Zahnstocher in den Mund.

»Wir sollten zurück in die Zentrale«, bemerkte Jonathan mit einem Blick auf die Uhr. »Die anderen werden sich schon wundern, was aus uns geworden ist.«

»Ich glaube fest an euch zwei. Täte ich das nicht, würde ich euch sofort von dem Fall abziehen, jetzt und auf der Stelle«, sagte Hammett. »Aber ich bin ja nicht derjenige an vorderster Front, nicht derjenige mit der Zielscheibe auf dem Rücken.«

»Nein«, gab Jonathan zurück. »Das sind wir.«

»Wenn das Leben angeblich so viel zu bieten hat, wieso gehe ich dann immer leer aus?«
Gavin Kertzner, 10, Toronto, Kanada

25. Oktober, 9:18 Uhr, Straße in London, England

»Fast mein ganzes Leben schon wünsche ich mir, jemand anderer zu sein. Egal wer. Ich habe mir sogar ausgemalt, wie ich in den Körper von jemand anderem hineinklettere. Um wie viel besser würde ich mich mit dem Gesicht, der Stimme, dem Gehirn von jemand anderem fühlen«, sagte Jonathan, als er und Shelley zur BJS-Zentrale zurückgingen.

»Das ist ganz schön gruseliger Science-Fiction-Stoff«, bemerkte Shelley mit hochgezogener Augenbraue. »Aber ich weiß, was du meinst. Bevor ich den Club kannte, hatte ich nie Grund, stolz auf mich zu sein.«

»Wir laufen nicht vor unserer Mission davon, nicht wahr?«, fragte Jonathan.

»Auf gar keinen Fall«, versicherte Shelley, die Jonathan nun einen Arm um die Schultern legte. »Wir haben einander. Nichts kann uns aufhalten. Außer vielleicht ein Tsunami oder wenn wir ins Koma fallen oder ins Gefängnis kommen ...«

»Shells«, unterbrach Jonathan sie. »Auch wenn du streng genommen meine erste und einzige Freundin bist, bist du gleichzeitig meine *beste* Freundin.«

»Kann ich das schriftlich kriegen?«, wollte Shelley sofort wissen und ergänzte dann: »Obwohl ... wenn ich es mir recht überlege, schick mir doch bei nächster Gelegenheit eine E-Mail. Dann kann ich das gleich an die entsprechenden Leute weiterleiten. Aber keine Eile, ja? Wenn ich die Mail bis Ende der Woche haben könnte, wäre das großartig.«

»Wenn ich nach dieser Mission noch weiß, wie man einen Computer anschaltet, bekommst du diese Mail, versprochen.«

»Ach, und Johno, auch du bist *mein* bester Freund. Zumindest 84 Prozent der Zeit.«

»84, soso«, sagte Jonathan grinsend. »Das verkrafte ich.«

Bzzz. Bzzz. Bzzz.

»Das sind vermutlich Darwin und Oli, die sich fragen, wo wir abgeblieben sind«, meinte Jonathan und zog das Handy aus der Tasche. Er öffnete die SMS.

UNBEKANNTE NUMMER: Verschwindet, sonst seid ihr die Nächsten. Letzte Warnung.

25. Oktober, 10:02 Uhr, BJS-Zentrale, London, England

»Willkommen zurück. Fühlt ihr euch besser?«, erkundigte sich Darwin bei Jonathan und Shelley, die mit Oli und Hattie an einem Tisch saßen.

»Nina hat vor, uns zu infizieren!«, platzte Shelley heraus, ehe sie innehielt, weil sie merkte, wie hysterisch sie sich anhörte. »War nur ein Spaß. Ich wollte bloß klingen wie ein Agent, der total unerfahren ist und die Hosen voll hat.«

»Ich verstehe nicht«, sagte Oli ruhig, während er an einer Tasse Tee nippte. »Was ist geschehen?«

»Wir haben vorhin eine anonyme SMS erhalten. Darin steht ›Verschwindet, sonst seid ihr die Nächsten. Letzte Warnung‹«, las Jonathan laut von seinem Handydisplay ab.

»Nina hat es auf euch abgesehen«, verkündete Darwin. »Sie weiß, dass ihr hinter ihr her seid. Da will sie kein Risiko eingehen.«

»Bei allem nötigen Respekt, aber das ist eine Nummer zu groß für euch. Nina ist eine erstklassige Agentin. Gegen sie habt ihr schlicht und ergreifend keine Chance«, bemerkte Oli unmissverständlich, während er die Teetasse auf dem Tisch abstellte.

Jonathan starrte Oli so eindringlich an, dass auf seiner Stirn eine Ader zu pulsieren begann. Er hatte sich sein ganzes Leben, die gesamten zwölf Jahre, eingeredet, er sei zu nichts fähig. Und jetzt, da er sich endlich stark genug fühlte, um sich der Welt entgegenzustellen, würde er sich nicht von einem Tee trinkenden

Schlaumeier sagen lassen, dass er nicht das Zeug dazu hatte! Es spielte keine Rolle, dass er vor gerade mal einer Stunde kurz vor einer Ohnmacht gewesen war, weil er solche Angst gehabt hatte. Das war vorher, doch jetzt war jetzt.

»Wir kommen damit klar«, erwiderte Jonathan entschlossen.

»Bist du dir da ganz sicher?«, hakte Darwin mit einem Blick zu Hattie nach. Die bewegte die Lippen beim Lesen. »Denn wenn ihr lieber aussteigen wollt, verstehen wir das.«

»Wir steigen nicht aus«, versicherte ihm nun auch Shelley. »Jetzt nicht. Und auch nicht in Zukunft.«

»Eure geistige Zurechnungsfähigkeit zu riskieren, für ein Land, das noch nicht mal euer eigenes ist? Seid ihr sicher, dass ihr das tun wollt?«, bedrängte Darwin sie hartnäckig.

»Wir sind sicher«, erwiderte Jonathan. »Nicht wahr, Shells?«

»So sicher, wie Randolph nur ein Auge hat.«

Jonathan seufzte. »Ein einfaches Ja hätte genügt.«

25. Oktober, 14:00 Uhr, BJS-Zentrale, Cafeteria, London, England

Nervös und angespannt schoben Jonathan und Shelley ihre Tabletts am Tresen entlang und hielten immer wieder an, um sich Essen auf die Teller zu laden.

»Shells«, sagte Jonathan und wischte sich mit dem Handrücken über die Stirn. »Ich schwitze. Und zwar viel schlimmer als sonst. Ich schwitze so krass, dass es nicht mehr gesund sein kann.

Vielleicht waren wir doch etwas voreilig. Vielleicht hätten wir doch einen Rückzieher machen sollen?«

»Hast du gesehen, wie Hattie beim Lesen ihre Lippen bewegt hat?«, fragte Shelley, die nervös mit einem Apfel in der Hand spielte. »Ich habe Jahre gebraucht, bis ich mir das abgewöhnt hatte. Du weißt ja nicht, wie peinlich das ist. In meiner Familie von Genies, wenn man da beim Lesen die Lippen bewegt? Ein Skandal! Ich hab früher in Restaurants immer heimlich die Speisekarte mit aufs Klo genommen, damit ich sie in Ruhe lesen konnte.«

»Du hättest auch einfach deinen Mund hinter der Hand verstecken können«, sagte Jonathan, während er einen Karton Milch auf sein Tablett stellte.

»Das ist ja noch bescheuerter, als beim Lesen die Lippen zu bewegen!«, schnaubte Shelley. »Du kommst auf Ideen.«

»Da redet die Richtige! Du bist doch diejenige, die Giraffen als Handymasten verwenden wollte?«

»Giraffen sehen doch viel hübscher aus als diese hässlichen Ungetüme aus Metall.«

»Du brauchst dringend Hilfe«, zischte Jonathan.

»Da hast du recht, ich brauche Hilfe. Ich brauche einen Partner, der die Uhr richtig lesen kann«, antwortete Shelley in gereiztem Ton.

»Ich hatte nie ein Problem damit, die Uhr zu lesen, zumindest nicht in letzter Zeit«, gab Jonathan zurück. »Und nur zu deiner Info, es heißt *Büchereien*, nicht *Büchereier!*«

»Das weiß ich doch!«

»Bist du sicher?«, hakte Jonathan nach und zog dabei zweifelnd die Augenbrauen hoch.

»So sicher, wie der Himmel blau ist, und das ist er ja überwiegend, wenn auch nicht immer, wegen der Wolken und der verregneten Tage und so«, brabbelte Shelley drauflos, wobei sie nervös an ihrer Brille herumfingerte.

»Kannst du nicht mal eine einzige Frage mit Ja oder Nein beantworten?«, fragte Jonathan verärgert.

»Ja«, sagte Shelley und schürzte dann die Lippen, als müsste sie sich die weiteren Worte verkneifen. »Siehst du? Ich hab's gerade getan!«

Jonathan erwiderte nichts, sondern starrte Shelley einfach nur an. Sie war der einzige Mensch auf der Welt, dem er voll und ganz vertraute. Nicht nur hier in London, in England oder in den USA, nein, auf der ganzen Welt. Und das lag nicht nur daran, dass sie seinen Vor- und Nachnamen kannte, sondern *ihn* als Person. Sie wusste genau, wie er tickte. Und das war etwas, das nicht mal Jonathans Eltern von sich hätten behaupten können.

»Johno«, setzte Shelley an. »Du starrst mich jetzt schon eine ganze Weile an. Und offen gestanden erinnerst du mich langsam an diesen Kater, der Tollwut hatte. Das Vieh saß die ganze Zeit in einer Ecke und glotzte die Leute an. Das war total gruselig, echt. Und das nicht nur, weil er Schaum vor dem Mund hatte.«

»Shells, ich will mich nicht mit dir streiten«, gab Jonathan zu.

»Wir können es mit der ganzen Welt aufnehmen, wenn es sein muss, aber wir sollten uns vertragen.«

»*No problemo*«, sagte Shelley, nahm die Brille ab und lächelte ihm zu. »Das heißt ›kein Problem‹ auf Spanisch.«

»Schon kapiert«, antwortete Jonathan und nickte. »Wir haben also nur mal kurz die Kontrolle verloren. Haben zugelassen, dass die Nerven mit uns durchgehen. Aber wir ziehen das durch. Wir werden Nina aufhalten, stimmt's?«

»Stimmt!«, bestätigte Shelley.

»Und wie wollen wir sie aufspüren?«, fragte Jonathan.

»Der SMS zufolge wird Nina eher uns aufspüren.«

»Wir sollten unser Gehirn anstrengen, zumindest das bisschen, das wir haben. Selbst für ein anderes Land ist es das wert«, sagte Jonathan zu sich und auch zu Shelley.

»Natürlich ist es das! Wäre ja Quatsch, anderen nicht zu helfen, bloß weil sie woanders geboren sind.«

Jonathan starrte Shelley an, derart beeindruckt von ihrer Feststellung, dass es ihn fast sprachlos machte.

»Alles in Ordnung mit dir?«, hakte Shelley nach und packte Jonathan am Arm. »Du siehst aus, als würdest du an heftigen Verdauungsproblemen leiden.«

»Ach, wirklich? Das war doch mein ›Ich-bin-so-stolz-auf-dich‹-Blick.«

»Also daran musst du noch ein bisschen feilen.«

»Ich erinnere mich noch gut an den Tag, als meine Oma sagte, ich sei klug. Was habe ich geheult! Ich konnte nicht fassen, dass meine Eltern mich in der Obhut einer so dummen Person zurückließen.«

Decca Sherak, 13, Colorado City, Colorado

26. Oktober, 6:42 Uhr, Downing Street Nummer 10, London, England

Jonathan schlief wie immer auf dem Rücken, die Arme seitlich angelegt und die Beine gerade ausgestreckt. Diese Position nahm er jede Nacht ein und wich nie davon ab, es sei denn, er hatte einen seiner seltenen Anflüge von Grippe. Tief im Herzen nämlich war Jonathan überzeugt, dass Leute wie seine Eltern, die sich im Bett hin und her warfen wie ein Fisch auf dem Land, unnötige Energien verschwendeten.

Das Geräusch von etwas, das durch Jonathans Fenster krachte,

sorgte dafür, dass er sich im Bett aufrichtete und schrie: »Shelley!«

Und auch wenn in 99 Prozent der Fälle Shelley für laute Geräusche in seiner unmittelbaren Nähe verantwortlich war, schien das diesmal nicht der Fall zu sein.

»Johno! Johno!«, rief Shelley noch ganz verschlafen, nachdem sie die Tür zu seinem Zimmer aufgerissen hatte. »Ist jemand gestorben? Bitte sag, dass nicht wir es sind, denn wenn das der Himmel sein soll, dann fordere ich mein Geld zurück.«

»Shells, ich muss dir etwas sagen, aber bevor ich das tue, musst du mir versprechen, dass du ruhig bleibst. Okay?«

»Wie kann ich dir das versprechen, wenn ich nicht weiß, was du sagen willst? Warum sagst du es mir nicht einfach, und dann lasse ich dich wissen, ob ich dir das Versprechen geben kann?«

»Nein, Shells! Erst musst du es mir versprechen.«

»Na schön! Ich verspreche es! Aber jetzt rück endlich raus mit der Sprache und spann mich nicht länger auf die Folter, Johno!«

Jonathan holte tief Luft und hielt etwas hoch. Eine Mini-Paprika, die an einen Stein gebunden war. »Sieh dir das an, das kam gerade durchs Fenster geflogen.«

Shelley nickte, rieb sich das Kinn und zog die Stirn kraus.

»Sei mir bitte nicht böse, aber wofür steht eine Mini-Paprika noch mal?«

»Das bedeutet, es gibt einen Notfall! Wir könnten in Gefahr schweben! Wir müssen schleunigst zu Hammett!«

»Noch mehr Gefahr? Wie ist das überhaupt möglich?«, wollte Shelley wissen, wobei sie die Arme dramatisch hochwarf.

»Ich weiß es nicht. Die Mini-Paprika heißt nur, dass es einen Notfall gibt; mehr Details verrät sie uns nicht«, erklärte Jonathan, während er aufstand, um ins Bad zu verschwinden. »Wir müssen uns anziehen und schleunigst die Fliege machen. Okay?«

»Okay.«

»Du schaffst das! Ich halte dir den Rücken frei«, flüsterte Jonathan seinem eigenen Spiegelbild zu. »Sicher, du hast Angst. Sicher, du hast nicht genügend Muckis und Kraft. Sicher, du nimmst es mit jemandem auf, der eine echte Spionageausbildung hat.« Dann ließ der Junge den Kopf hängen und seufzte. »Das ist bestimmt die lahmste Motivationsrede, die es je gegeben hat.«

Während er sich kopfschüttelnd im Spiegel musterte, hörte Jonathan jemanden schreien und nach Luft schnappen. Und es war nicht irgendjemand – es war Shelley. Er rannte zurück in sein Zimmer und stellte fest, dass seine Freundin zu einer Kugel zusammengerollt am Boden lag – mit hochrotem Gesicht, schweißgebadet und mit Schaum vor dem Mund. Jonathan war sich nicht sicher, ob sie gleich sterben würde. Oder ob sie die Tollwut hatte.

Blitzschnell übernahm er die Rolle des Sanitäters und überprüfte, ob Shelley noch lebte. Er stellte fest, dass ihre Pupillen nicht geweitet waren und dass ihr Herzschlag zwar erhöht war, aber nicht außergewöhnlich hoch.

»Ih... du... ma...«, murmelte Shelley zusammenhangslos.

»Ich verstehe dich nicht«, sagte Jonathan und zog sein Handy aus der Tasche. »Ich rufe am besten einen Krankenwagen!«

Shelley fasste nach dem Handy, doch Jonathan war schneller.

»Ruf ... nicht ... an ...«

»Ich werde nicht hier sitzen und zusehen, wie meine einzige Freundin stirbt!«, rief Jonathan hysterisch und wählte die Notrufnummer. Doch er bekam keinen Freiton. Stattdessen sagte ihm eine Computerstimme, er habe eine falsche Nummer gewählt.

»Was?«, gellte Jonathan, jetzt in absolutem Panik-Modus. »Die Neun-eins-eins funktioniert in England nicht!«

»Dumm«, brachte Shelley schließlich hervor.

»Du nutzt deine letzte Kraft, um mich als dumm zu beschimpfen?«

»Ich h-habe etwas D-dummes gemacht. Ich habe die Mini-Paprika gegessen«, brachte Shelley stammelnd hervor.

»Du hast die Mini-Paprika gegessen? Warum tust du denn so was?«, schimpfte Jonathan.

»Ich wollte dich beeindrucken.«

»Shells«, sagte Jonathan und griff nach ihrer Hand. »Wie kommst du auf die Idee, dass mich das beeindrucken könnte?«

»Ich weiß es nicht mehr. Der Feuersturm in meinem Mund

und meinen Eingeweiden hat meine Festplatte zum Absturz gebracht«, sagte Shelley, während sie sich mit einer Zeitschrift Luft zufächelte.

»Du solltest nie geheime Botschaften aufessen, Shells«, sagte Jonathan und murmelte dann leise: »Wenn du *Popcorn aus der Mikrowelle – schnell und einfach erklärt* gelesen hättest, wüsstest du das.«

26. Oktober, 7:01 Uhr, Straße in London, England

Jonathan und Shelley durchschritten das Tor vor der Downing Street Nummer 10 und wandten sich nach links. Und auch wenn von Hammett und Schwester Maidenkirk nicht die geringste Spur zu sehen war, seit sie die Mini-Paprika erhalten hatten, wussten die Kinder, dass sie nicht weit sein konnten.

»Biegen wir nach rechts ab«, raunte Shelley Jonathan zu. »Da siehst du eine Grünanlage mit vielen, vielen Bäumen. Eine bessere Deckung kriegen wir jetzt am Tag nicht.«

Jonathan und Shelley hatten eben auf einer Bank Platz genommen, die von der Straße durch zwei riesige Büsche und einen Baum mit tief hängenden Ästen abgeschirmt waren. Da tauchten Hammett und Mrs Maidenkirk auf. Sie waren verkleidet als Leute von der Straßenreinigung.

»Bleibt sitzen, Kinder, und hört wirklich aufmerksam zu«, sagte Hammett, ehe er innehielt, um sich verstohlen umzusehen. »Wir haben große Neuigkeiten. Die Sorte Neuigkeiten, die euch die Socken ausziehen werden, wenn ihr versteht, was ich meine.«

»Viele Menschen sterben beim Sockenanziehen«, sagte Schwester Maidenkirk ergänzend.

»Letzte Nacht waren wir unten am Hafen. Hatte was mit einem Vogel zu tun, der explodiert ist, nachdem er ungekochten Reis gegessen hatte«, erklärte Hammett kopfschüttelnd. »Eine unschöne Sache, wirklich grauenvoll.«

Schwester Maidenkirk nickte. »Überall Gedärm.«

Hammett wedelte ungeduldig mit der Hand, um Schwester Maidenkirk zum Schweigen zu bringen. »Und dann tauchte *sie* auf.«

»Die Seele des toten Vogels?«, flüsterte Shelley erstaunt.

»Was ich euch zu sagen habe, Kinder, ist wirklich wichtig. Also wie wäre es, wenn ihr mir zuhören würdet, anstatt zu reden? Habt ihr verstanden? Gut!«, herrschte Hammett sie an und steckte sich einen Zahnstocher in den Mund. »Wie ich schon sagte, wir gingen am Hafen entlang, und da stand Nina vor uns.«

»Nina?«, wiederholte Jonathan.

»Ganz genau, Nina«, bestätigte Hammett. »Da war sie plötzlich, keinen Meter von uns entfernt. Ich starrte das Mädchen an und überlegte, was ich tun sollte, als sie unvermittelt einen Brief fallen ließ und davonrannte.«

»Ich hob den Brief auf, während Hammett versuchte, sie einzuholen«, erklärte Schwester Maidenkirk.

»Aber sie hat mich abgehängt«, sagte Hammett und ließ den Kopf hängen; zweifelsohne schämte er sich.

»Und der Brief?«, wollte Jonathan wissen.

Hammett nickte bedächtig und zog einen kleinen weißen Umschlag aus der Tasche.

»Der ist an uns adressiert«, stellte Shelley leise fest, während Hammett ein Blatt Papier entfaltete, auf dem stand: *Ihr liegt total falsch. Trefft mich um 20 Uhr am London Eye.*

»Wofür hält sie sich eigentlich? Will uns weismachen, wir lägen falsch?«, meinte Shelley wutschnaubend.

»Beruhige dich, Shells. Wir wissen doch noch nicht mal, wovon die Rede ist.«

»Genau«, sagte Shelley. »Ist es zu viel verlangt, dass sie das ein bisschen genauer erklärt? Wir sind Spione, keine Hellseher.«

Jonathan schob die Haare aus der Stirn und sagte dann kaum hörbar: »Wir müssen los. Wir müssen es unbedingt schaffen, Nina zur Vernunft zu bringen.«

»Du darfst nicht vergessen, dass sie bereits mehrere Male versucht hat, euch umzubringen«, rief Schwester Maidenkirk Jonathan in Erinnerung. »Und wie man so schön sagt, aller guten Dinge sind drei.«

»Mein Bauchgefühl sagt mir, dass das ein Trick ist, und mein Bauchgefühl täuscht mich eigentlich nie. Es sei denn, es geht um Achterbahnen. Da sagt es mir immer, ich solle einsteigen, was sich dann jedes Mal als schwerer Fehler herausstellt«, gab Shelley zu.

»Aber was, wenn es kein Trick ist? Oder selbst wenn, dann ist es immer noch eine gute Gelegenheit, Nina zu erwischen«, gab Jonathan zu bedenken.

»Das stimmt auch wieder«, räumte Shelley ein.

»Es ist gefährlich …«, setzte Hammett an, als Shelley ihm ins Wort fiel.

»Ich habe keine Angst vor der Gefahr! Ich bevorzuge nur die Sorte Gefahr, bei der mir nichts zustößt.«

»Ich verstehe«, sagte Jonathan nickend. »Du magst die ungefährliche Gefahr mit Happy End.«

»Ganz genau!«, antwortete Shelley begeistert. »Endlich einer, der mich versteht!«

26. Oktober, 9:08 Uhr, Downing Street Nummer 10, London, England

Nach der Rückkehr von ihrem Treffen versteckte Shelley Ninas Brief ganz unten in ihrer Kommode, unter drei T-Shirts, einem Pulli und einem Paar Socken.

»Bis wir genau wissen, was hier abgeht, würde ich sagen, wir behalten diese Nachricht für uns«, schlug Jonathan vor.

»Einverstanden«, sagte Shelley und schloss die Schublade. »Behandeln wir das als Verdrusssache.«

»Verschlusssache, nicht Verdrusssache. Was soll denn bitte eine Verdrusssache sein?«

»Das bedeutet, wir geben die Informationen nur an Leute weiter, denen es Verdruss bereitet, wenn sie ohne sie nicht weiterkommen.«

Jonathan schüttelte den Kopf und seufzte. »Wie bin ich bloß an eine Partnerin wie dich geraten?«

»Du hattest eben großes Glück.«

26. Oktober, 19:46 Uhr, Straße in London, England

Am späten Nachmittag hatte sich kalte Luft über die Stadt gesenkt. Vertraute Gesichter wurden zu wildfremden, verborgen unter tief sitzenden Hüten und hochgezogenen Schals. Jonathan und Shelley wurden in den Massen von Touristen wie immer unsichtbar, während sie sich dem London Eye näherten.

»Ich persönlich fand Riesenräder ja noch nie so toll«, gab Jonathan zu. »Dafür bezahlen zu müssen, dass man ganz langsam in den Himmel hoch getragen wird, war für mich noch nie so ein super Geschäft.«

»Aber die Aussicht!«, entgegnete Shelley ganz aufgeregt.

»Gute Aussichten sind grundsätzlich überbewertet. So was kriegt man auf jeder Postkarte.«

»Lieber Herr Schwarzseher, bitte sei nicht immer so ein Spaßverderber! Und mit Spaß meine ich *Leben!*«

»Erstens ...«

»Fängst du schon wieder damit an?«

»Ach!«, ächzte Jonathan. »Du weißt wirklich, wie du mich in Rage bringst.«

»Das ist gar nicht meine Absicht, Johno. Ich will nur, dass du weißt, was für ein Glück du hast, wenn du bei deinem Besuch des London Eye mit LIQ-30 infiziert wirst. Hast du dir das London Eye im Internet schon mal angesehen? Das ist kein normales Riesenrad. Nein, das ist eine hochmoderne Konstruktion mit abgeschlossenen Gondeln, von denen aus man eine herrliche Aussicht über die Stadt hat.«

»Musst du dauernd von Infektion reden? Das trägt nicht unbedingt zur Stärkung meines Selbstvertrauens bei«, nörgelte Jonathan mürrisch, als er plötzlich ein riesiges weißes Ding in der Ferne erblickte.

»Eine Infektion mit toller Aussicht ist besser als eine Infektion ohne. Glaub mir.«

»Wenn schon Infektion, dann bitte in einem kuschelig warmen Café bei Tee und Keksen und nicht in einer Jahrmarktsattraktion.«

Plötzlich blieb Shelley wie angewurzelt stehen und sah ihn an. »Es ist nicht leicht für dich, oder?«

»Was denn?«, hakte Jonathan nach.

»Das Leben.«

»Merkst du das erst jetzt?«

Shelley lächelte und hakte sich bei Jonathan unter. »Wie wäre es, wenn du ausnahmsweise mal nicht den Miesepeter raushängen lässt?«

»Ich glaube kaum, dass diese Situation ein Lächeln rechtfertigt.«

»Da könntest du recht haben«, gab Shelley zu. »Ich glaube, das könnte eher so ein Moment sein für Augenklappe und Hakenhand.«

»Du willst, dass ich mich als Pirat verkleide?«

»Piraten sind gruselig. Fast so gruselig wie Clowns. Oder noch besser, du könntest eine Mischung aus Clown und Pirat sein? Da macht sich Nina doch garantiert vor Angst fast ins Hemd!«, rief Shelley begeistert.

»Nein!«, stellte Jonathan entschieden fest. »Ich werde garantiert nicht zulassen, dass ich meine letzten paar Gehirnzellen in einer bescheuerten Verkleidung verliere. Lass mir bitte einen letzten Rest Würde, ja?«

»Reg dich ab. Ist ja nicht so, als hätte ich rein zufällig ein Kostüm dabei. Ich wollte dich bloß ablenken von …«

»Unserer bevorstehenden Verdummung?«

»Ich wollte sagen, von dem großen Unbekannten, aber es stimmt schon, Verdummung ist eindeutig im Bereich des Möglichen.«

Shelley und Jonathan standen am Fuß des Riesenrades und spürten, wie sich ihre Kiefermuskeln anspannten. Was würde nur aus ihnen werden? Würde es ihnen gelingen, Nina von ihrem Vorhaben abzubringen? Und wenn nicht, würden sie es schaffen, sie dingfest zu machen, ohne infiziert zu werden? Immer kräftiger bissen sie die Zähne aufeinander, wovon sie beide heftige Kopfschmerzen bekamen.

»Hast du eine Aspirin-Tablette, Shells?«

»Sehe ich wie jemand aus, der Kopfwehtabletten mit sich herumschleppt?«

»Nein, eigentlich nicht.«

»Tja, damit liegst du goldrichtig. Aber sieh mal, was ich hier habe!«, sagte Shelley noch und faltete ein Blatt Papier auseinander, auf dem in dicken, fetten Buchstaben NINA stand.

»Du hast ein Schild mitgebracht?«

»Damit sie weiß, wer wir sind.«

»Nina beobachtet uns doch schon die ganze Zeit«, erwiderte Jonathan. »Sie weiß genau, wie wir aussehen.«

»Wir sind unsichtbar, Johno. Kein Mensch erinnert sich je daran, wie wir aussehen.«

Fünf Minuten verstrichen. Dann zehn. Zwanzig. Frierend drängten Jonathan und Shelley ihre Körper aneinander, um sich gegenseitig zu wärmen, während der Wind an dem Papier mit der Aufschrift riss.

»Von wegen Profi. Nina ist schon 20 Minuten zu spät!«, beschwerte sich Shelley.

»Ich weiß. Das ist bereits die letzte Fahrt für heute Abend«, sagte Jonathan und deutete auf das Riesenrad. »Was meinst du, sollen wir es wagen?«

»Aber du hasst doch Riesenräder!«

»Ich weiß, aber du nicht. Außerdem, ich finde, wir sollten

die Tatsache feiern, dass wir noch einigermaßen bei Verstand sind.«

26. Oktober, 20:38 Uhr, London Eye, London, England

Jonathan und Shelley saßen allein in einer Gondel und entfernten sich ganz langsam vom Boden, während sie aus dem Fenster starrten. Unzählige Fragen wirbelten ihnen durch die Köpfe. Was sollten sie als Nächstes tun? Wie konnten sie Nina finden? Vielleicht sollten sie Darwin und Oli einweihen? Warum war Nina nicht aufgetaucht?

Während den beiden Kindern Gedanken durch die Köpfe jagten, fing das Licht in ihrer Gondel an zu flackern und zu sirren.

»Warum werde ich das Gefühl nicht los, dass gleich ein Mann mit Maske und einem Messer in der Hand vor uns steht?«, fragte Shelley, die sich ängstlich an Jonathans Arm klammerte.

»Weil du zu viele Horrorfilme gesehen hast«, entgegnete Jonathan. »Das ist nur ein kleiner Kurzschluss. Auch wenn sich ein Kurzschluss durchaus zu so etwas Gefährlichem wie einem Feuer auswachsen kann.«

Shelley drückte Jonathans Hand. Das Licht flackerte noch schneller, surrte lauter und brummte, bis es schließlich ganz erlosch. Die Gondel war nun lediglich schwach vom Licht der Stadt unter ihnen erhellt. Jonathan wandte sich Shelley zu.

»Ich will dir ja keine Angst machen ...«

»Hat das schon je jemanden davon abgehalten, wenn das einer gesagt hat?«, gab Shelley zurück. Insgeheim verfluchte sie den Moment, als sie den Fuß in dieses vielgepriesene Riesenrad gesetzt hatte.

»Sieh dir die anderen Gondeln an. Unsere ist die einzige, in der der Strom ausgefallen ist«, bemerkte Jonathan. »Vielleicht nur ein Zufall.«

»Ich glaube nicht an Zufälle. Und das solltest du auch nicht.«

»Dann haben wir ein Problem«, gab Jonathan zurück.

Bonk. Klack. Klack.

Jemand oder etwas bewegte sich auf dem Dach der Gondel.

»Wahrscheinlich ein Vogel«, schlug Jonathan vor.

Shelley verdrehte die Augen. »Oder ein Flugzeug. Möglicherweise ist es aber auch Superman.«

Ein Bohrgeräusch dröhnte durch die Gondel.

»Hat Superman einen Werkzeuggürtel umgeschnallt?«, murmelte Jonathan, während es ihm die Brust zuschnürte und Panik ihn erfasste.

Knarz. Klick. Knack.

Und plötzlich stieg ein zierliches Mädchen, das von Kopf bis Fuß in Schwarz gekleidet war, von oben in die Gondel.

»Endlich lernen wir uns kennen«, sagte Nina in freundlichem Tonfall, ehe sich ihr Mund zu einem schiefen Grinsen verzog.

Shelley deutete zum Dach der Gondel. »Das war ein starker Auftritt!«

»Wäre es nicht einfacher gewesen, wir hätten uns in einem Café getroffen?«, fragte Jonathan.

»Ach, kommt schon, ihr seid Spione. Wo ist denn euer Sinn fürs Abenteuer?«, entgegnete Nina, die nun auf sie zutrat. »Außerdem werdet ihr von Oli, Darwin und Hattie verfolgt. Die sitzen in diesem Augenblick zwei Gondeln hinter uns.«

»Sie sind uns hierher gefolgt?«, fragte Jonathan fassungslos.

»Genau genommen waren sie schon vor euch da, woraus ich schließe, dass sie bereits wussten, wo ihr hin wollt«, erklärte Nina.

»Das ist unmöglich. Wir haben niemandem davon erzählt«, protestierte Shelley.

»Sie sagt die Wahrheit«, sprang Jonathan ihr bei, doch dann runzelte er die Stirn. Irgendetwas stimmte nicht. Doch er konnte nicht genau sagen, was es war.

»Nina, du wirkst auf mich wie ein gescheites Mädchen«, setzte Shelley an. »Tja, abgesehen von diesem Quatsch mit der Gondel und dass du von oben durchs Dach geklettert kommst. Das war echt bescheuert. Du hättest runterfallen können.«

Während Shelley weiterredete, starrte Jonathan Nina unverwandt an. Was war es nur, dachte der Junge. Da war doch irgendwas an ihrem Äußeren, das ihn störte, aber was?

»Jedenfalls, wie ich schon sagte, du machst den Eindruck, als wärst du nicht ganz blöd. Ich bin mir sicher, wenn wir uns zusammen hinsetzen und reden, fallen uns doch eine Million bessere

Möglichkeiten ein, wie wir der Umwelt helfen können. Besser, als ein paar Abgeordnete mit LIQ-30 zu infizieren.«

»Ihr habt nichts kapiert«, fing Nina an.

Da schnappte Jonathan ganz plötzlich nach Luft.

»Das ist es!«, kreischte Jonathan hysterisch. »Sie ist viel zu klein!«

»Bitte entschuldige meinen Partner, aber leider gehen ihm manchmal die Nerven durch. Zweifelsohne das Resultat mehrerer Mordversuche, die wir dir zu verdanken haben«, sagte Shelley, die nun Nina über den Rand ihrer Brille hinweg böse anfunkelte.

»Nein, Shells! Das ist es ja gerade! Es kann nicht Nina gewesen sein, die versucht hat, uns im Tower zu töten. Sie ist viel zu klein. Hätte sie uns in diesen Schacht geschubst, hätten wir ihre Hände am Rücken gespürt, aber das haben wir nicht. Wir haben sie oben an den Schultern gespürt!«

»Das stimmt«, sagte Nina, die nun näher an Jonathan und Shelley herantrat. »Ich wollte euch nicht töten, zu keiner Zeit. Ich habe noch nicht mal versucht, euch wehzutun. Warum sollte ich? Versteht ihr denn nicht? Ich bin auf eurer Seite!«

»Wie ist das möglich?«, fragte Shelley.

»Ich will genau wie ihr verhindern, dass das LIQ-30 als Methode der Selbstjustiz zum Einsatz kommt«, erklärte Nina.

»Aber du bist doch diejenige, die genau das tut«, widersprach Shelley.

»Nein, bin ich nicht. Das haben Darwin, Oli und Hattie sich nur ausgedacht, um euch von ihrem eigenen Plan abzulenken.«

»Und der sieht wie aus?«, fragte Jonathan.

»Sie wollen das LIQ-30 dazu benutzen, gefährliche Leute außer Gefecht zu setzen, bevor sie ein Verbrechen begehen«, erläuterte Nina. »Das Gesetz verlangt nach Beweisen, um jemanden festnehmen zu können. Die Wahrheit aber ist: Manchmal ist es unmöglich, rechtzeitig Beweise zu liefern. Und dann müssen Menschen leiden.«

»Aber das scheint mir auch nicht richtig, dass man Leute bestraft, indem man ihnen ihre Konzentrationsfähigkeit und ihre Fähigkeit zu klarem Denken nimmt, bevor sie ein Verbrechen begehen«, bemerkte Jonathan.

»Nein, ist es nicht. Und deshalb bin ich auf der Suche nach einem Ort, an dem das Virus sicher entsorgt werden kann«, sagte Nina. »Damit es niemals in die falschen Hände geraten kann.«

Shelley riss sich die Brille von der Nase und stampfte mit dem Fuß auf.

»Also ist Hattie gar nicht infiziert? Sie hat die ganze Zeit nur so getan! Mann, was für eine brillante Schauspielerin!«

»Aber wir sind es nicht. Und jetzt müssen wir so tun, als wüssten wir nicht, was Darwin, Oli und Hattie in Wirklichkeit vorhaben«, grummelte Jonathan missmutig. »Das wird nicht einfach werden.«

»Wovon redest du? Ihr seid Agenten«, sagte Nina. »Es gehört zu unserem Job, uns zu verstellen.«

»Ach so, ja, richtig«, entgegnete Jonathan, der am Reißverschluss seiner Jacke herumnestelte.

»Ihr zwei wirkt für Spione fürchterlich nervös auf mich«, sagte Nina und sah Jonathan und Shelley aus zusammengekniffenen Augen an.

»Nervös? Wir? Auf keinen Fall!«, gab Shelley blitzschnell zurück. »Wir sind so cool wie zwei Gurken in der Obst- und Gemüseabteilung.«

»Nein«, entgegnete Nina. »Seid ihr nicht. Ihr habt die Hosen gestrichen voll. Ihr fürchtet euch. Seid unsicher.«

»Das sind wir«, gab Jonathan zu. »Und dafür gibt es auch einen guten Grund. Wir sind Mitglieder des Clubs der Unsichtbaren Spione. Das ist ein geheimes Netzwerk, welches die durchschnittlichsten, normalsten und unauffälligsten Kinder als Agenten einsetzt.«

»Johno! Wir sollen das doch niemandem verraten!«

»Wenn wir Nina helfen wollen, muss sie die Wahrheit erfahren. Schließlich sollte sie wissen, mit wem sie es zu tun hat«, erklärte Jonathan.

»Danke für dein Vertrauen«, sagte Nina, die nun zum Fenster hinaussah. »Wir sind fast wieder unten. Ich mache mich jetzt besser aus dem Staub. Wir bleiben in Kontakt.«

Und dann war das Mädchen auch schon verschwunden.

27. Oktober, 8:23 Uhr, BJS-Zentrale, London, England

»Bist du so weit?«, fragte Jonathan an Shelley gewandt, kurz bevor sie die BJS-Zentrale betraten.

»Das wird ein Kinderspiel. Hattie ist nicht die Einzige mit Schauspieltalent.«

»Tu einfach dein Bestes und halte dich an den Plan, ja? Improvisieren bitte nur im Notfall«, flehte Jonathan Shelley an, während er die Tür öffnete.

»Guten Morgen, meine lieben Mitagenten!«, rief Shelley mit lauter Stimme, als sie Randolph, Oli, Darwin und Hattie an einem Tisch sitzen sah. »Wir haben Neuigkeiten für euch.«

»Dann sprecht«, entgegnete Randolph steif.

Shelley zog sich einen Stuhl heran, ließ sich draufplumpsen und platzte auch schon heraus: »Nina ist nach Castle Combe abgehauen, zu ihrer Großmutter.«

»Was sagst du da?«, sprudelte es aus Darwin hervor, der sich unwirsch mit den Fingern durchs Haar strich.

»Ich sagte, Nina ist nach Castle Combe gefahren, um ihre Großmutter zu besuchen«, wiederholte Shelley.

Oli kniff die Augen zusammen. »Woher um alles in der Welt wollt ihr das wissen?«

»Woher ich das wissen will?«, sprach Shelley ihm nach, während sie sich die wirren blonden Strähnen aus dem Gesicht schob. »Nina hat es mir selbst gesagt.«

»Ihr habt mit Nina gesprochen?«, kreischte Darwin los, während er quer durchs Zimmer stürmte und ganz knapp vor Shelleys Gesicht haltmachte. »Ihr habt mit Nina gesprochen und uns nichts davon gesagt?«

»Ich habe mit Nina gesprochen, ja … aber im Traum. Sie meinte: ›*Hey, Mädel, das wird mir ein bisschen zu bunt hier, deshalb mach ich lieber die Biege und fahre zu Granny, wo es Tee und Kekse gibt! Man sieht sich!*‹«

»So was sagt Nina im Traum zu dir?«, meinte Oli verwundert, offensichtlich etwas im Zweifel, was diese Geschichte betraf.

»Das sind meine Träume – sie kann sprechen, wie sie will, okay? Ich mache meinen Gästen keine Vorschriften«, erwiderte Shelley mit einem abfälligen Schnauben.

»Und mit *Gästen* meint sie Leute, die ihr zufällig im Schlaf begegnen, nicht Menschen, die sie tatsächlich kennt«, stellte Jonathan klar.

»Diesen Tipp mit Castle Combe hast du also aus einem Traum?«, hakte Darwin nach. »Wohl kaum eine zuverlässige Quelle, wie?«

»Ich komme im Traum immer auf die besten Sachen«, antwortete Shelley. »Wenn ich du wäre, würde ich es mal versuchen.«

»Nein, danke, ich glaube nicht«, sagte Darwin, worauf Shelley die Zähne zusammenbiss, enttäuscht, dass ihr Plan, die BJS-Agenten aus der Stadt zu locken, so offensichtlich in die Hose gegangen war.

»Jonathan? Shelley?«, sagte Randolph, der gerade eine Textnachricht auf seinem Handy las. »Die Sekretärin des Premierministers hat mir geschrieben und setzt mich darüber in Kenntnis, dass in der Downing Street Freunde auf euch warten.«

»Freunde?«, fragte Jonathan.

»Eure Freunde aus Amerika, Mr Humphries und Miss Maidenkirk«, antwortete Randolph.

»Wer sind die denn?«, wollte Darwin wissen.

»Unsere Schüler«, beeilte Shelley sich zu sagen. »Wir erteilen ihnen Unterricht in Mah-Jongg und Backgammon – darin sind wir schließlich Experten.«

»Ihr habt eure Schüler auf eine Mission mitgenommen?«, hakte Oli nach. Jonathan seufzte tief wegen Shelleys unüberlegter Ausrede.

»Natürlich nicht. Sie sind uns gefolgt«, sagte Shelley. »Um ehrlich zu sein, sind sie eher so was wie Stalker als Schüler. Aber sie sind schon alt. Daher bringen wir es nicht übers Herz, eine einstweilige Verfügung gegen sie zu erwirken.«

»In diesem Sinne«, ging Jonathan dazwischen, »ich glaube, es ist an der Zeit, dass wir uns um unsere Stalker und ihren Backgammon- oder Mah-Jongg-Notfall kümmern.«

27. Oktober, 12:46 Uhr, Downing Street Nummer 10, London, England

»Kinderchen, es gibt Ärger an der Heimatfront«, verkündete Hammett Jonathan und Shelley gegenüber, während er in der Küche auf und ab lief.

»Aber keine Sorge«, meinte Schwester Maidenkirk ergänzend. »Es gab keine Toten. Jedenfalls noch nicht.«

»Danke für Ihre tröstenden Worte«, sagte Shelley und rollte mit den Augen.

»Würde mir bitte jemand verraten, was hier los ist?«, wollte Jonathan wissen. Er war mit seiner Geduld langsam am Ende.

»Es ist nichts, womit die Schwester und ich nicht klarkämen, aber: Wir verschwinden von hier. Wir kratzen die Kurve. Und zwar *heute* noch. Aber nicht, weil wir es so wollen, sondern weil wir *müssen*. Ich kann euch nur sagen, wenn Ärger winkt, macht sie ernst.«

»Seit wann ist Ärger denn weiblich?«, fragte Shelley, die ihre Brille senkte und Hammett prüfend ansah.

Schwester Maidenkirk zog verwundert die Augenbrauen hoch. »Da hat Shelley recht.«

»Genau dieses Gespräch ist der beste Beweis dafür, dass Ärger weiblich ist!«, erklärte Hammett erbost.

»Manchmal ist es das Beste, sich eine Niederlage einzugestehen und nach vorne zu schauen«, riet Jonathan Hammett.

»Weißt du, Kindchen, du bist gar keine so kleine Leuchte, wie es den Anschein macht.«

»Danke für das Beinahe-Kompliment«, erwiderte Jonathan.

»Wir haben uns heute Morgen mit dem Premierminister und dem einäugigen Randy unterhalten und sie auf den neusten Stand gebracht. Sie mögen zwar recht steif wirken, aber im

Grunde sind sie hochanständige Kerle«, sagte Hammett mit einem Augenzwinkern. »Behaltet einen klaren Kopf, Kinderchen. Überall lauert Ärger, ob er nun männlich oder weiblich ist. Das solltet ihr nie vergessen.«

27. Oktober, 14:46 Uhr, Hyde Park, London, England

»Darf ich fragen, weshalb du mir eine Mini-Paprika in die Tasche gesteckt hast?«, wollte Randolph wissen, während er mit Jonathan und Shelley durch den Hyde Park spazierte.

»Shells, das ist der Code des *Clubs*. Wie kommst du auf die Idee, Randolph könnte das verstehen?«

»Dachte ich ja gar nicht. Deswegen habe ich einen Zettel dazugelegt, mit der Bitte, uns im Park zu treffen«, erklärte Shelley.

»Und warum hast du die Mini-Paprika überhaupt mit reingesteckt?«, hakte Jonathan nach.

»Als vorzeitiges Weihnachtsgeschenk.«

»Können wir uns jetzt bitte um das vorliegende Problem kümmern? Wie auch immer das aussieht?«, ging Randolph dazwischen.

»Randy? Ich darf Sie doch Randy nennen, nicht wahr? Und bitte keine Scheu, nennen Sie mich ruhig Shelltastisch.«

»Wie freundlich von dir«, entgegnete Randolph barsch.

»Das meint er nicht so, Shells, das ist sarkastisch gemeint«, stellte Jonathan klar.

»Zum Glück bin ich immun gegen Sarkasmus«, sagte Shelley lächelnd, ehe ihre Miene wieder ernst wurde. »Wir wollten uns mit Ihnen über Oli, Hattie und Darwin unterhalten. Wie gut kennen Sie sie?«

»Sie wurden auf Herz und Nieren überprüft, ehe sie dem BJS beitraten. Was auch immer du ihnen unterstellen willst oder andeutest, ich kann dir versichern, du irrst dich«, bemerkte Randolph knapp.

»Ja, genau, aber Sie dachten auch, man hätte Nina eingehend geprüft. Und jetzt sind Sie überzeugt, dass sie eine durchgeknallte Extremistin ist«, betonte Shelley.

»Ich muss zugeben, die Sache mit Nina ist wirklich zutiefst verstörend.«

»Randolph, wir haben nicht die Zeit, um lange um den heißen Brei herumzureden«, platzte Jonathan der Kragen. »Also frage ich frei heraus, ob Sie es für möglich halten, dass Darwin, Hattie und Oli versuchen, das LIQ-30 in die Finger zu bekommen, um es gegen die Bevölkerung einzusetzen.«

»Wir glauben, dass sie sich die ganze Geschichte, Nina sei eine durchgeknallte Umweltschützerin, nur ausgedacht haben, um zu vertuschen, dass Nina in Wirklichkeit vorhatte, sie aufzuhalten«, fügte Shelley hinzu. »Überlegen Sie doch mal. Gab es einen Hinweis, dass Nina ein Herz für die Umwelt hat, bevor all das passiert ist?«

»Solche Leidenschaften schlummern oftmals im Verborgenen,

erst recht im Spionagegeschäft. Es kommt gar nicht mal so selten vor, dass ein Agent versteckte politische Überzeugungen hegt.«

Shelleys Geduldsfaden war mittlerweile derart angespannt, dass sie nun etwas lauter wurde. »Machen Sie doch endlich Ihre Augen auf, Randy! Sehen Sie denn nicht, was hier abgeht?«

»Das war jetzt eine eher unpassende Formulierung, Shells.«

»Ich meine, öffnen Sie das eine Auge, das Sie haben. Ist ja klar, dass Sie mit dem Glasauge nichts sehen«, sagte Shelley und verstummte dann. »Wobei … ich ziehe alles, was ich gesagt habe, in aller Form zurück.«

»Ihr habt nur Vermutungen. Und in meiner Welt zählen nur harte Fakten. Bringt mir Beweise, dann höre ich euch zu. Aber solange ihr nichts nachweisen könnt, verschwendet bitte nicht meine und eure wertvolle Zeit. Konzentriert euch lieber darauf, Nina aufzuspüren, statt euren Spionagekollegen in den Rücken zu fallen!«, fauchte Randolph und dampfte wütend ab.

»Das lief ja bestens. Und mit *bestens* meine ich natürlich: Das war der totale Reinfall«, sagte Shelley, die Randy nachblickte, bis er außer Sichtweite war. »Ich glaube, es ist an der Zeit, dass wir den Alleingang wagen.«

»Und das soll heißen?«

»Wir warten auf Ninas Signal«, antwortete Shelley. »Und dann nehmen wir sie hops.«

28. Oktober, 6:22 Uhr, Downing Street Nummer 10, London, England

»Wach auf, Johno!«, sagte Shelley, ihr Gesicht so dicht vor seinem, dass er ihren warmen Atem auf seiner Haut spürte.

»Viel zu entspannt. Du bist eindeutig viel zu entspannt in meiner Gegenwart. Es hätte genügt, hättest du mich einfach am Arm gestupst.«

»Es ist höchste Zeit«, verkündete Shelley unbeirrt.

»Höchste Zeit wofür?«

»Höchste Zeit zum Aufstehen. Wir müssen die Lage retten.«

»Was?«, murmelte Jonathan undeutlich, richtete sich auf und beugte sich im Bett vor.

»Die Gefahr ruft, und rate mal, wer geantwortet hat? Ich!«

»Shells, kannst du bitte aufhören, so zu reden, als wären wir in einem Comic? Sag mir einfach, was los ist, ja?«

»Nina hat eine Nachricht geschickt. Sie hat endlich ein sicheres Labor ausfindig gemacht, wo wir das LIQ-30 vernichten können.«

»Ausgezeichnet«, erwiderte Jonathan, während er ein Gähnen unterdrückte.

»Nur braucht sie unsere Hilfe, um dort einzubrechen.«

»Langsam fühlt es sich an, als wäre Einbruch und unerlaubtes Eindringen ganz normal. So als würde man einen Schlüssel verwenden«, stöhnte Jonathan.

»Ich bin froh, dass du das sagst, weil wir nämlich im Buckingham Palast einbrechen werden. Du weißt schon, das Haus der Queen, ihre Hütte, ihre Bude, ihre ...«

In dem Moment zog Jonathan sich die Decke über den Kopf und stöhnte laut auf.

»Komm schon, Johno! Mrs Cadogan macht uns Frühstück. Als ich ihr erzählte, wir würden im Buckingham Palast einbrechen, meinte sie, wir hätten uns Pfannkuchen verdient!«

Mrs Cadogan, die in einem grauen Hauskleid, einer gestreiften Schürze und einer Gasmaske auf dem Kopf in der Küche herumhantierte, wirkte in ihrem Aufzug mehr als nur ein wenig exzentrisch.

»Guten Morgen, Kinder!«, rief die alte Dame fröhlich, als Jonathan und Shelley ins Zimmer kamen.

»Da ist ja heute jemand gut gelaunt«, stellte Jonathan fest, während er am Tisch Platz nahm.

»Hast du es etwa noch nicht gehört? Wir sind kurz davor, den Krieg zu gewinnen!«

»Das sind ja uralte Neuigkeiten«, raunte Shelley Jonathan zu und schnappte sich einen Pfannkuchen. »Denkst du, ich sollte meine Perlen tragen? Du weißt schon, nur für den Fall, dass wir Ihrer Majestät über den Weg laufen.«

»Shells, die Queen hat uns nicht zum Tee eingeladen. Wir sind hier auf einer wichtigen Mission, ganz schlicht und ergreifend. Danach geht es zurück über den großen Teich.«

»... also keine Perlen?«

28. Oktober, 14:03 Uhr, Buckingham Palast, London, England

»Drei Kinder, bitte. Und dürfte ich wohl noch eines anmerken? Sie sollten sich ernsthaft Gedanken machen, ob Sie die Altersoptionen nicht ein wenig ausweiten. Es muss doch noch mehr geben außer Kinder und Erwachsene; vielleicht könnte man das Beinahe-Erwachsene nennen«, schlug Shelley der Frau vor, die am Eintrittskartenschalter des Buckingham Palastes arbeitete.

»Es tut mir schrecklich leid, junge Dame, aber hast du etwas gesagt?«, fragte die Frau.

»Oh, ich sagte etwas, sehr wohl!«, entgegnete Shelley aufgebracht, doch Jonathan schob sie einfach weiter.

»Drei Kinder, bitte«, wiederholte er.

»Das macht dann zweiundsechzig Pfund und vierzig Pence, bitte«, sagte die Dame darauf und reichte ihm die drei Eintrittskarten.

»Stell dir nur vor, Nina, schon bald wird die Gefahr einer Welt voller verwirrter Menschen mit einer Aufmerksamkeitsspanne von Stechmücken gebannt sein. Nun, zumindest wird es keine erst seit Kurzem verwirrten Menschen mit der Aufmerksamkeitsspanne von Stechmücken geben«, brabbelte Shelley munter weiter, während sie auf den Beginn der Führung warteten.

Nina sah sich im Eingangsbereich um und hielt nervös Ausschau nach Hattie, Darwin oder Oli.

»Ihr seid euch absolut sicher, dass sie euch nicht gefolgt sind?«

»Es ist nicht einfach, Unsichtbare wie uns in größeren Menschenmengen im Auge zu behalten, nicht einmal BJS-Agenten schaffen das«, sagte Jonathan.

»Ihr habt Glück, ihr Unsichtbaren – Naturtalente in Sachen Spionage«, meinte Nina mit einem schwachen Lächeln.

»Das stimmt, allerdings bedeutet es auch, dass der eigene Zahnarzt vergisst, wer man ist, und dann einen gesunden Zahn zieht«, wandte Jonathan ein und hob die Hand an die Wange, weil er sich an den Verlust eines vollkommen gesunden Backenzahns erinnerte.

Shelley verdrehte die Augen. »Das ist doch nur ein einziges Mal passiert. Sei nicht so eine Drama Queen.«

»Es hat mich einiges an Anstrengung gekostet, aber ich habe endlich einen sicheren Weg in das Labor gefunden«, flüsterte Nina Jonathan und Shelley zu, nachdem sie sich zu ihnen gebeugt hatte. »Der Plan ist relativ einfach. Aber er wird hoffentlich funktionieren. Ihr zwei setzt euch während der Führung von der Gruppe ab, sobald ihr das zweite Prunkgemach betretet. Dort gibt es eine Tür in der südwestlichen Ecke des Zimmers …«

»Südwestlich?«, wiederholte Shelley und rieb sich das Kinn.

»Ich schätze, wir sollten dir sagen, dass wir keinerlei Orientierungssinn haben«, gestand Jonathan Nina.

»Könnt ihr denn links und rechts unterscheiden?«, hakte Nina mit gerunzelter Stirn nach.

»Meistens schon«, antwortete Shelley ganz trocken.

»Na schön, sobald ihr also im zweiten Prunkgemach seid, seht ihr eine Tür zu eurer Rechten. Die führt in ein Treppenhaus. Geht zwei Treppenabsätze nach oben, klettert aus dem Fenster, schiebt euch vorsichtig übers Dach, bis ihr einen Regenablauf entdeckt, haltet euch am Rohr fest, klettert hinab zum Balkon darunter, steigt durch das Fenster und sperrt die Tür auf. Ich warte auf der anderen Seite auf euch. Dort sind wir dann nur noch einen Steinwurf vom Labor entfernt.«

»Bist du sicher, dass wir die Rollen nicht besser tauschen sollten? Du könntest doch das mit dem Klettern und Balancieren übernehmen und uns reinlassen?«, schlug Shelley vor.

»Ich befürchte, ich könnte gesehen werden. Ihr zwei dagegen …«

»Schon klar, schon klar, wir sind quasi unsichtbar«, unterbrach Jonathan sie.

»Seid ihr sicher, dass ihr das hinkriegt?«, fragte Nina.

»Ob wir das hinkriegen? Trägt der Papst Karo?«, spöttelte Shelley.

»Nein, tut er nicht«, antwortete Nina. »Er trägt Weiß.«

»Im Ernst? Wie langweilig.«

»Was Shelley eigentlich sagen wollte, ist Folgendes: Wir kriegen das nicht nur hin, wir sind sogar absolut bereit dafür«, stellte Jonathan klar.

»Bereit wie Mike!«, platzte es aus Shelley heraus, und sie zwinkerte Nina zu.

»Von wem redest du da? Wer ist Mike?«

»Nina, bitte vergiss, dass ich den Namen Mike überhaupt erwähnt habe. Und nur fürs Protokoll, ich kenne keinen Mike. Manchmal sage ich einfach so Zeugs«, erklärte Shelley. »Ach ja, das soll heißen: Ich ziehe meine Aussage in Bezug auf Mike in aller Form zurück. Also vergiss bitte, dass ich den Namen des Jungen erwähnt habe. Oder tu zumindest so, als hättest du es vergessen.«

Ninas Augen füllten sich mit Tränen, während sie Jonathan und Shelley anstarrte. Die Mission würde mit diesen beiden Kindern ganz klar in die Hose gehen. Es führte einfach kein Weg daran vorbei. Sie hatten keinen Plan, was sie da taten.

»Du machst dir Sorgen, dass wir dich enttäuschen könnten, nicht wahr? Dass wir die Mission gegen die Wand fahren?«, fragte Jonathan, während er Ninas Arm ergriff. »Aber ich sag dir eins: Es besteht kein Grund zur Besorgnis. Wir haben noch nie einen Auftrag vergeigt.«

Natürlich hatten sie bislang auch nur einen einzigen anderen Auftrag erledigt, aber Jonathan hielt es für das Beste, Nina zu beruhigen.

»Eine Erfolgsquote von 100 Prozent«, bestätigte Shelley.

Ninas Züge entspannten sich. »Ich muss zugeben, schon eine ziemlich beeindruckende Statistik.«

»Ist uns klar«, sagte Shelley, als der Fremdenführer ihnen ein Zeichen gab, dass die nächste Führung jetzt begann.

28. Oktober, 14:24 Uhr, Buckingham Palast, London, England

Jonathan und Shelley folgten der Gruppe mit etwas Abstand und staunten ehrfürchtig über den prachtvollen Palast. Kristalllüster baumelten von den fast zehn Meter hohen Decken. An den Wänden entlang zogen sich aufwändige, mit Blattgold verzierte Leisten. Und auf dem auf Hochglanz polierten Parkett waren diverse Möbelstücke verteilt, die aussahen wie direkt aus einem Märchen.

»Geht es nur mir so oder ist alles hier drinnen absolut *shelltastisch?*«, fragte Shelley, während sie die wunderbare Pracht des ersten herrschaftlichen Zimmers in sich aufsaugte.

»Miss Shelltastisch steht auf Kronleuchter und Throne? Woher wussten die das denn?«

»So ein Schloss würde mir gut gefallen.«

»Tja, ich werde es im Hinterkopf behalten, für deinen Geburtstag«, erwiderte Jonathan, während Shelley in die Knie ging und sich umständlich verbeugte.

»Ich übe schon den ganzen Vormittag den Hofknicks, nur für den Fall, dass die Queen vorbeikommt.«

»Du solltest dir keine allzu großen Hoffnungen machen, die Queen kommt nämlich nicht regelmäßig vorbei. Wenn Führungen durch den Palast stattfinden, eigentlich gar nicht«, erklärte Jonathan, als sie den zweiten Prunksaal betraten.

»Wieder so ein Beweis, dass du den Namen Spielverderber nicht nur zum Spaß trägst!«, sagte Shelley mit einem verstimmten Schnauben, während Jonathan sich darauf konzentrierte, die Tür zu finden.

»Schau mal rechts von dir, Shells. Das ist sie. Das ist die Tür.«

Shelley nickte und wandte den Kopf.

»Nein, Shells. Rechts von dir.«

Während die Gruppe gerade den zweiten herrschaftlichen Raum verließ, taten Jonathan und Shelley das, was sie am besten konnten – sie verschmolzen mit dem Hintergrund und wurden unsichtbar. Nun standen sie zwischen zwei Marmorstatuen und wechselten einen Blick. War es möglich, dass der Leiter der Führung sie doch entdeckte? Schließlich hatte der Wachmann im Museum Shelley bemerkt, als sie den Feueralarm betätigt hatte. Doch während die Minuten verstrichen, entspannten sie sich mehr und mehr. Und schon bald war die Gruppe verschwunden.

»Lass uns loslegen«, flüsterte Jonathan und eilte quer durch den Raum.

»Hast du auch den Titelsong von *Mission: Impossible* im Kopf?«, wollte Shelley wissen, deren Augen vor Aufregung blitzten.

»Nein, ich bin viel zu sehr damit beschäftigt, mir zu überlegen, wie englische Gefängnisse wohl von innen aussehen«, entgegnete Jonathan, ehe er die Tür aufriss und die Treppe hinaufsprintete.

Doch schon nach nur neun Stufen waren Jonathan und Shelley beide knallrot im Gesicht und völlig außer Puste.

»Vielleicht ist es das Beste, wenn wir einfach nur schnell

gehen«, schlug Jonathan vor, unterbrochen von keuchenden Atemzügen. Er lehnte sich gegen die Wand.

Shelley, die kein Wort herausbrachte, nickte zustimmend.

»Da ist das Fenster«, sagte Jonathan, als sie das obere Ende der Treppe erreicht hatten.

»Warte! Da sollen wir rausklettern?«, fragte Shelley mit einem Blick aus dem Fenster. Dort war nur ein schmaler Streifen Dach zu sehen, nicht viel mehr als zwei Meter breit.

»Du schaffst das schon«, sagte Jonathan in beruhigendem Ton zu Shelley.

»Nicht, wenn ich ausrutsche und runterfalle! Da ist nichts, das meinen Sturz auffangen könnte, abgesehen vom kalten, harten Boden!«

»Shells, wir haben einen Job zu erledigen. Wir dürfen uns nicht von unseren Ängsten leiten lassen.«

»Da hast du recht«, lenkte Shelley ein und folgte Jonathan zum Fenster hinaus.

»Schau einfach nicht nach unten«, wies er sie an, während sie sich ganz langsam über das Ziegeldach schoben. »Sieh dir die Aussicht über London an! Sieh dir den Himmel an! Schau irgendwo hin, egal wo! Hauptsache, nicht nach unten!«

»Glaubst du an Geister?«

»Im Ernst, Shells? Du willst ausgerechnet jetzt über Geister reden?«

»Ich bin mir ziemlich sicher, dass ein Geist meinen Körper

übernommen hat, und jetzt versucht er mich zu zwingen, nach unten zu sehen! Es kann keine andere Erklärung geben! Es ist fast so, als würde jemand meine Augen in Richtung Dachvorsprung ziehen!«

»Tu es nicht, Shells!«

Doch das Mädchen kam nicht dagegen an. Irgendetwas tief in ihr drin wollte unbedingt in Erfahrung bringen, ob es wirklich so beängstigend steil runterging, wie sie sich das vorstellte.

»Johno ... Johno ... Johno.«

»Bitte hör auf, meinen Namen zu sagen; das macht *mich* nämlich total nervös«, stammelte Jonathan, während ihm am ganzen Körper der Schweiß ausbrach, vom Scheitel bis zur Fußsohle.

»Das geht ganz schön weit runter, Johno«, flüsterte Shelley. »Richtig weit runter.«

»Das hilft mir jetzt wenig, Shells!«

»›Zwei zwölfjährige Kinder stürzten heute vom Dach des Buckingham Palasts in den Tod.‹«

Jonathan biss die Zähne fest aufeinander. »Was soll uns das bitte bringen in unserer jetzigen Situation? Wozu denkst du dir eine Zeitungsschlagzeile über unseren Tod aus?«

»Ich kann nur hoffen, dass sie *Shelley* richtig schreiben. Du weißt schon, eine ganze Menge Leute vergessen das zweite *E*. Dabei war ich doch immer besonders stolz darauf, dass mein Name ein wenig anders ist.«

»Ich weiß, Shells. Aber können wir jetzt bitte aufhören, über unseren Tod zu sprechen, und uns stattdessen darauf konzentrieren, an der Regenrinne hinunterzuklettern?«

»Die Regenrinne runterklettern? Was soll das denn heißen?«

»Es soll heißen, dass wir uns an der Regenrinne festhalten und hinunterklettern auf den Balkon ein Stockwerk tiefer.«

»Auf den Balkon ganz da unten?«

»Genau den meine ich«, antwortete Jonathan.

»Auf gar keinen Fall bringst du mich dazu! Vergiss es! Sollen die Briten doch alleine sehen, wie sie klarkommen!«

»Shells, bevor du vorschnell irgendwelche Entscheidungen triffst, was sagst du dazu, wenn wir kurz Pause machen und tief Luft holen?«

»Ich hasse es, wenn jemand so etwas sagt!«, nörgelte Shelley. »Ich verbringe jede Sekunde meines Lebens mit Atmen – warum sollte es da etwas Besonderes sein, *ein bisschen tiefer* zu atmen? Ist das so was wie ein magisches Einhorn, das ausgesandt wird, um alle meine Probleme zu lösen? Ich denke nicht!«

»Tut mir leid, Shells. Ich wollte nicht im Geringsten darauf anspielen, ein tiefer Atemzug könnte so etwas sein wie ein magisches Einhorn, das alle deine Probleme lösen kann«, sagte Jonathan ganz ruhig. »Ich wollte nur, dass wir eine kurze Pause machen und nachdenken. Was ist denn gruseliger – an einer Regenrinne runterzuklettern mit der sehr geringen Wahrscheinlichkeit, dass du abstürzen und dir jeden einzelnen Knochen im Leib brechen könntest, oder dass wir Nina enttäuschen, unsere

Mission vergeigen und zulassen, dass das LIQ-30 in die falschen Hände gelangt?«

»Mir jeden einzelnen Knochen im Leib zu brechen.«

»Shelley Brown, meinst du das wirklich ernst?«

»Nenn mich nicht bei meinem vollständigen Namen! Wir sind hier nicht vor Gericht!«

»Das ist der Moment. Entweder wir gehen das Wagnis ein und riskieren unser Leben, womit wir wahre Größe zeigen und uns als die Menschen erweisen, für die Hammett uns hält, oder wir knicken ein und entlarven uns als Versager. Nur dass das nicht vergleichbar ist mit einem verpatzten Mathetest oder wenn man in Englisch durchfällt. Hier gibt es keine Nachholtests. Eine zweite Chance kriegen wir nicht.«

Shelley holte tief Luft. Und hielt dann inne, als ihr bewusst wurde, was sie gerade getan hatte. »Ich muss schon zugeben, es hilft tatsächlich ein bisschen.«

Jonathan musste grinsen.

»Ich bin noch nicht bereit, mich von Shelley Brown, Grande Dame der Spionagewelt im Auftrag Ihrer Majestät, zu verabschieden.«

»Dann beweg dich endlich.«

Und das tat sie. Sie setzten sich in Bewegung, eine Hand vor die andere, bis sie den Rand des Daches erreicht hatten, wo die dünne Regenrinne aus Metall an der Mauer entlang nach unten zum Balkon ein Stockwerk tiefer führte.

»Halt dich an meiner Hand fest«, wies Jonathan Shelley an.

»Igitt, die ist ja ganz schwitzig.«

»Das will ich überhört haben«, grummelte Jonathan, ehe er die Augen schloss. »Wir schaffen das. Selbst die unsportlichsten Menschen können an Pfosten *runter*klettern.«

»Genau«, sagte Shelley und fügte hinzu: »Das wird doch ein Kinderspiel … vielleicht sogar babyleicht … oder …«

»Ich klettere jetzt runter und du kannst weiterreden, so lange du willst.«

Damit drehte Jonathan sich um und schob seine Beine ganz langsam über die Dachkante, ehe er sich hinuntergleiten ließ, bis er die Regenrinne zu fassen bekam.

»Warum kommt es mir so vor, als wäre dieser Balkon plötzlich ganz weit weg?«, fragte Jonathan mit brüchiger Stimme.

»Vielleicht weil du dich an einem wackeligen Metallrohr festhältst, das nicht stabil genug ist für jemanden mit deinem Gewicht.«

»Ich kann dich nicht verstehen. Ich verstehe dich nicht«, wiederholte Jonathan, während er sich ganz langsam hinunterließ, Zentimeter für Zentimeter, die Augen ganz fest zugepresst.

Sieben Minuten später, als Jonathan es endlich auf den Balkon geschafft hatte, nahm Shelley ihre Brille ab und bewegte sich auf die Kante zu. »Wenn ich da runterfalle, will ich bitte nicht sehen, wo ich lande.«

»Du schaffst das, Shells!«, rief Jonathan ihr von unten aus zu.

»Johno? Wenn ich runterfalle, kannst du dann wenigstens versuchen, mich aufzufangen?«

Jonathan kreuzte seine Finger und schwindelte: »Natürlich, Shells, ich würde doch alles für dich tun.«

Acht Minuten und dreiundvierzig Sekunden später sah Jonathan seufzend zu, wie Shelleys Füße sicher auf dem Balkon landeten. »Komm schon, wir wollen Nina nicht länger warten lassen.«

Jonathan und Shelley krochen durch ein Fenster, huschten durch den Raum und sperrten die Tür auf.

»Und jetzt?«, wollte Shelley wissen, gerade als sich der Türknauf bewegte.

»Ich muss schon sagen, bislang bin ich schwer beeindruckt«, flüsterte Nina, als sie ins Zimmer geeilt kam.

»Ich kann dir gar nicht sagen, wie oft am Tag ich das zu hören bekomme«, entgegnete Shelley. »Manchmal ist es fast schon anstrengend, sich ständig all diese Komplimente anhören zu müssen.«

»Nun übertreib mal nicht so, Shells«, flüsterte Jonathan. »Wir haben noch viel vor uns.«

»Hier entlang«, wies Nina sie an und führte Jonathan und Shelley über eine Dienstbotentreppe hinunter ins Erdgeschoss. »Wir sind fast da.«

Jonathan zitterte vor Aufregung. Die Vernichtung des LIQ-30 war nun zum Greifen nah. Und offen gestanden konnte er es kaum erwarten. Es kam ihm gar nicht mal mehr so schlimm vor, nur mittelmäßig schlau zu sein, mit einer Aufmerksamkeitsspanne, die genügte, um einem beliebigen Haustier das Wasser reichen zu können.

»Wir sind so kurz davor, ich kann es schon fast schmecken«, raunte Shelley, während sie sich vorstellte, wie sie gleich *drei* Außergewöhnliche überlisten würden. Tolles Gefühl.

»Und schon sind wir drin«, erklärte Nina, nachdem sie das Schloss zur Labortür geknackt hatte.

Drei quadratische Metallvorrichtungen, jede ungefähr von der Größe eines Golfwagens, beherrschten den Raum. Die chemischen Verbrennungsöfen, denn das waren sie, hatten eine Klappe, die einem Abfallschacht ähnelte, und wenn man die öffnete, konnte man Dinge in den Ofen stecken, die verbrannt werden sollten.

»Wir haben es geschafft!«, flüsterte Nina, und in ihren Augen funkelten Freudentränen, als sie über die leeren Glasbehälter hinwegstieg, die über den Boden verteilt waren.

»Und wie du es geschafft hast!«, ertönte da eine Stimme hinter einem der Verbrennungsöfen.

»Darwin?!«, rief Nina, als der Junge dahinter hervortrat.

»Woher um alles in der Welt wusstet ihr, dass wir hierherkommen würden?«, quiekte Shelley.

»Eure kleine Freundin hat es uns erzählt«, antwortete Oli, der nun gemeinsam mit Hattie hinter einem der anderen Öfen auftauchte.

»Wovon redest du da bitte?«, wollte Nina wissen.

»Nicht *deine* kleine Freundin«, stellte Hattie richtig. »*Ihre* kleine Freundin. Obwohl, um ehrlich zu sein, ist Mrs Cadogan wohl kaum klein zu nennen.«

»Mrs Cadogan?«, wiederholte Shelley. »Die denkt doch, wir schreiben das Jahr 1944!«

Jonathan schüttelte den Kopf. »Es sei denn natürlich, wir haben noch so eine tolle Schauspielerin unter uns.«

»Lieber Junge, kein Mensch ist ein derart guter Schauspieler!«, gab Hattie lachend zurück. »Es mag ja überraschend für dich kommen, weil Mrs Cadogan tatsächlich denkt, dass wir 1944 haben. Aber sie bekommt erstaunlicherweise sehr viel von dem mit, was um sie herum vorgeht. Und zu unserem Glück braucht man sie nur zu fragen, um Infos zu kriegen.«

»Das stimmt«, bestätigte Oli. »Sie findet sogar das eine oder andere für einen heraus, wenn man ihr erzählt, Winston Churchill persönlich bitte sie darum.«

»Ihr manipuliert eine alte Frau?«, bemerkte Nina. »Warum überrascht mich das nicht?«

»Du sagst das, als hieltest du uns für böse«, sagte Darwin und trat auf Nina zu. »Früher warst du auch der Ansicht, die Welt brauche Leute wie uns, Leute, die außerhalb des Gesetzes agieren.«

»Ich lese jeden Tag von entsetzlichen Verbrechen, die verhindert werden hätten können, wäre vor Gericht nicht ein ganzer

Berg an Beweisen nötig, damit so was ernst genommen wird«, klagte Oli.

»Aber mit dem LIQ-30 verfügen wir über eine möglichst menschenwürdige Methode, diese Irren aufzuhalten, ehe sie anderer Leute Leben zerstören«, fügte Darwin hinzu.

»Das klingt mir ganz so, als würdet ihr Gott spielen«, sagte Nina leise.

»Du kannst es nennen, wie du willst, aber Fakt ist: Wir versuchen nur unschuldige Menschen zu beschützen«, fuhr Darwin fort.

»Aber was wird aus unserer Gesellschaft ohne ordentliche Gerichtsverfahren?«, wollte Nina wissen, ehe sie die Frage selbst beantwortete: »Eine Diktatur, und das sind wir ja wohl nicht.«

»Ganz gleich, wie schwer wir daran arbeiten, wir werden nicht sämtliche Verbrechen vereiteln können«, sagte Darwin, und er sah Nina mit flehender Miene an, ihm die Phiole auszuhändigen.

»Seht ihr denn nicht, dass ihr das zerstört, was dieses Land groß gemacht hat, wenn ihr das LIQ-30 einsetzt – die Freiheit?«, protestierte Nina und machte gleichzeitig einen Schritt in Richtung Verbrennungsofen.

»Stopp!«, rief Darwin in herrischem Ton. »Du hast auch einmal an dieses Vorhaben geglaubt. Wie kannst du uns so in den Rücken fallen, wo wir so kurz vor dem Ziel sind?«

»Nina fällt euch nicht in den Rücken«, sagte Jonathan. »Sie

beschützt euch vor euch selbst. Sie hält euch davon ab, den größten Fehler eures Lebens zu begehen.«

»Fehler? Lieber Junge, du verstehst überhaupt nichts, wie?«, sagte Hattie kopfschüttelnd. »Wir wollen den Menschen helfen!«

»Aber so geht das nicht«, gab Jonathan zurück.

»Kommt schon, Leute. Was sagt ihr dazu, wenn wir die Phiole einfach verbrennen, uns die Queen schnappen und ein paar Scones besorgen, und dann lassen wir es richtig krachen«, schlug Shelley vor. Es war ein kläglicher Versuch, die zunehmend angespannte Situation etwas aufzulockern.

»Da bin ich ganz deiner Meinung. Und um das zu beweisen, werde ich die Phiole höchstpersönlich ins Feuer werfen«, sagte Darwin, der nun einen Schritt auf Nina zutrat. Oli und Hattie folgten dicht hinter ihm.

»Das ist nicht nötig«, entgegnete Nina und wich zurück.

»Das wird mir hier alles ein bisschen zu National Geographic, und zwar nicht im positiven Sinne. Mehr so was wie drei Löwen, die jeden Moment eine Antilope zerfleischen, bevor sie sie dann Stück für Stück auffressen, so in der Art«, sagte Shelley und trat gleichzeitig zwischen die beiden Parteien.

»Shells!«, rief Jonathan. »Ich glaube, du stellst dich besser woanders hin.«

»Ich werde nicht zulassen, dass die drei Nina noch mehr auf die Pelle rücken.«

Jonathan schüttelte den Kopf. Shelley hatte das nicht absichtlich getan, aber ihr mutiger Schritt hatte dafür gesorgt, dass er sich schwach und hilflos fühlte und sich schämte. Warum war er nicht in die Schusslinie getreten, so furchtlos wie Shelley? War sie einfach mutiger als er? Ja, davon ging Jonathan aus. Doch sie war auch etwas realitätsfremder als er. Was so viel hieß wie: Shelley war ein klein wenig verrückt.

»Sheila, keiner will dir wehtun«, sagte Oli mit einem Schritt nach vorn. »Aber das müssen wir tun, falls nötig.«

Genau in diesem Augenblick sprang Jonathan etwas ins Auge, das er als Hilfsmittel nutzen konnte, und er bückte sich danach.

»Hey, Bob!«, blaffte Darwin. »Was tust du da?«

»Ich binde nur meine Schuhbänder«, entgegnete Jonathan in möglichst unschuldigem Ton.

Darwin wandte sich wieder Nina zu und fuhr fort: »Die Zukunft dieses Landes steht auf dem Spiel, wir dürfen daher nicht zulassen, dass du und Bob und Sheila euch uns in den Weg stellt.«

»Ich habe nun wirklich genug von Bob und Sheila!«, schnaubte Shelley wütend.

»Unsere Namen sind Jonathan und Shelley. Nicht Brillenschlange und Khakihose, und ganz bestimmt nicht Bob und Sheila«, verkündete Jonathan nun vor versammelter Mannschaft.

Shelley lächelte. »Noch so ein Grund, weshalb dieser Junge hier 43 Prozent der Zeit mein persönlicher Held ist.«

»Wir mögen zwar nicht den hellsten Eindruck machen. Vielleicht klingen wir auch so, als wären wir ein bisschen beschränkt. Vielleicht sind wir tatsächlich nicht die Schlausten«, sagte Jonathan, während er die linke Hand hochreckte. »Aber wir haben schon so manches erlebt, sozusagen … und wir haben gelernt, dass man es am besten selbst in die Hand nimmt, wenn man will, dass etwas richtig gemacht wird.«

Jonathan öffnete die linke Hand und eine kleine Phiole kam zum Vorschein.

»Jetzt wird die Sache noch verstrickter«, verkündete Shelley und schob die Brille auf ihrer Nase nach oben.

»*Verzwickter*. Die Sache wird *verzwickter«,* korrigierte Jonathan Shelley.

»Nein, sie *verstrickt* sich. Das heißt, dass noch mehr passiert.«

»Leute!«, rief Nina. »Jetzt ist nicht der richtige Zeitpunkt!«

»Endlich etwas, worin wir uns einig sind, meine Liebe«, sagte Hattie zu Nina und drehte sich gleichzeitig zu Jonathan um und ging auf ihn los. Dabei legte sie ihre Ohrringe, Handschuhe und das Haarband ab.

»Pass auf, Johno! Hattie mag zwar nicht sonderlich groß sein, aber sie ist fies. Ein bisschen wie ein wild gewordener Zwergspitz!«

Hattie warf sich zu Boden und zog Jonathan mit den Beinen die Füße unter dem Körper weg, sodass er der Länge nach hinfiel.

»Eines Tages werdet ihr uns noch danken!«, rief Darwin, während er versuchte, Jonathans Arme am Boden festzuhalten, und Oli sich darauf konzentrierte, die Beine des Jungen festzuhalten.

»Runter von meinem Partner, ihr Bestien!«, schrie Shelley, die sich auf Darwins Rücken stürzte.

»Hattie? Tust du mir bitte einen Gefallen und hältst uns dieses Eichhörnchen vom Hals?«, sagte Darwin, als Shelley plötzlich den Mund aufriss und ihn fest um Darwins Ohr schloss.

»Aaaah!«, kreischte der Junge los. »Sie hat mich gebissen!«

»Ich hab sie!«, rief Oli triumphierend, sprang auf und hielt die Phiole hoch. Er war schweißüberströmt.

»Ihr drei hattet doch nie eine Chance gegen uns«, sagte Darwin, der den Blick von Jonathan zu Shelley und weiter zu Nina wandern ließ.

»Eines Tages werdet ihr uns danken, dass wir eine bessere, sicherere Welt geschaffen haben«, sagte Hattie und streifte die Handschuhe über. Die Ohrringe und das Haarband legte sie ebenfalls wieder an.

»Wir führen die Welt ins Licht, und wenn dazu ein kleines bisschen Dunkelheit nötig ist, dann sei's drum«, stellte Oli in dramatischem Tonfall fest, ehe er hinzufügte: »Und nur fürs Protokoll, das ist kein Zitat, sondern das Produkt meines eigenen genialen Geistes.«

»Jetzt beschönige da bitte nichts! Die Sache ist falsch, so

einfach ist das!«, brüllte Nina von der anderen Seite des Raums aus.

»Du warst einmal eine unserer treusten Verbündeten. Irgendwo tief in dir drin verstehst du uns, das weiß ich genau«, sagte Darwin und bedeutete Hattie und Oli, dass es an der Zeit war zu gehen.

»Wir sehen uns«, sagte Jonathan lächelnd, während er Shelley einen Arm um die Schulter legte.

Darwin hielt inne. »Irgendwas stimmt doch hier nicht.«

»Die sehen ziemlich zufrieden aus, nicht wahr? Erinnert mich ein bisschen an ein Rebhuhn, das genau weiß, dass man immer danebenschießt«, bemerkte Hattie.

Darwin hielt die Phiole hoch ins Licht. »Das hier ist nicht das LIQ-30, oder?«

»Ehrlich, ich habe keinen Schimmer, was das ist. Ich habe es am Boden liegen sehen, und da dachte ich mir, *hey, das wäre doch der perfekte Köder, um euch abzulenken.*«

»Und wie es aussieht, ist dir das geglückt«, fügte Shelley hinzu. »Was ich allerdings immer noch nicht begreife, ist die Frage, wie drei bestens ausgebildete Agenten tatsächlich glauben konnten, Nina würde ausgerechnet *Johno* die Phiole anvertrauen.«

Mit großen Augen wandte Darwin sich Nina zu. »Gib sie mir.«

»So leid es mir tut, Darwin, aber ich habe sie in den Verbrennungsofen geworfen, während ihr damit beschäftigt wart, den armen Jungen niederzuringen.«

Der Gesichtsausdruck, wenn man sich eine Niederlage eingestehen muss, ist bei jedem Menschen anders, doch man erkennt ihn sofort. Es handelt sich um eine Mischung aus Bedauern, Beschämung und Enttäuschung. Darwin senkte den Blick zu Boden, Hattie schürzte die Lippen und sprach ein stummes Gebet. Und Oli, ganz in typischer Oli-Manier, zermarterte sich das Hirn auf der Suche nach dem perfekten Zitat.

»Weiß Beißerchen von der Sache?«, wollte Darwin mit leiser Stimme wissen. Er schien immer noch nicht so recht zu begreifen, was hier gerade abging.

»Noch nicht«, antwortete Shelley. »Aber in Kürze weiß er Bescheid.«

»Wir wollten der Welt einen Gefallen tun, und jetzt sind wir es, die bestraft werden?«, fragte Darwin kopfschüttelnd.

Jonathan, der die ganze Zeit geschwiegen hatte, meldete sich nun zu Wort: »Nicht, wenn ich es verhindern kann.«

»Wie bitte?«, fragte Shelley und stemmte die Hände in die Hüften.

»Sie haben das Herz am rechten Fleck, nur ihre Köpfe waren woanders«, erklärte Jonathan. »Sie sind keine Verbrecher. Jedenfalls nicht, wenn es nach mir geht.«

»Vielen Dank, Bob. Ich meine, Jonathan«, murmelte Hattie.

»Aber das, was sie vorhatten – Jonathan, sie sind im Grunde so was wie eine Bürgerwehr, die Selbstjustiz ausübt!«, sagte Shelley kopfschüttelnd.

»Shells, jeden Tag geben du und ich uns die größte Mühe, außergewöhnlich zu sein. Und jeden Tag versagen wir. Kannst du wirklich mit Überzeugung behaupten, dass wir inmitten unserer ehrlichen Versuche nicht auch ein paar falschen Vorstellungen aufgesessen sind?«

»Vielleicht ein paarmal«, gab Shelley zu.

Hattie wandte sich an Darwin und Oli.

»Jungs, ich halte es für das Vernünftigste, wenn wir unseren Fall so bald wie möglich Randolph vortragen.«

Oli nickte zustimmend, ehe er das Wort an Jonathan und Shelley richtete. »Mit den Worten von Humphrey Bogart: ›Ich glaube, dies ist der Beginn einer wunderbaren Freundschaft.‹«

Shelley schüttelte den Kopf. »Das ginge dann doch etwas zu weit, wenn man bedenkt, dass wir um ein Haar ertrunken und mit Essen vergiftet worden wären. Eine lauwarme Bekanntschaft allerdings wäre im Bereich des Möglichen.«

In den darauffolgenden Tagen kamen Randolph und der Premierminister nach langen Diskussionen letzten Endes zu einer Übereinkunft, was das Schicksal von Oli, Darwin und Hattie betraf. Auch wenn ihre Taten wirklich unerhört waren, hielt der Premierminister es für das Beste, auf eine offizielle Strafanzeige zu verzichten. Nicht nur, dass sie so jung waren, sie hatten darüber hinaus wiederholt ihr Leben für ihr Land riskiert. Und auch wenn Darwin, Oli und Hattie auf Abwege geraten waren, hatten sie stets in bester Absicht gehandelt: Sie wollten nur die Welt verbessern. Dennoch konnte Premierminister Falcon nicht einfach über das hinwegsehen, was geschehen war. Daher wurde Oli, Hattie und Darwin ein Schicksal zuteil, das schlimmer war als eine Gefängnisstrafe: Man erkannte ihnen den Status als BJS-Agenten ab. Denn letzten Endes bewertete man ihre Taten als zu gewichtig, als dass man das alles durch ein simples »Tut mir leid« wiedergutmachen hätte können.

Doch zum Glück war für Darwin, Hattie und Oli noch nicht jede Hoffnung verloren. Ihre Entlassung aus dem BJS ermöglichte es ihnen, anderen Leidenschaften nachzugehen. Für Hattie war das die Bühne. Wie sich herausstellte, hatte es bei ihr ein aufrichtiges Interesse an der Schauspielerei geweckt, dass sie so getan hatte, als wäre sie weniger intelligent und weniger konzentriert. Darwin dagegen konnte sich endlich jenem außerschulischen Club anschließen, der inoffiziell bekannt war als »Dinge zum Spaß in die Luft jagen«. Und was Oli betraf, so fand er Vergnügen daran, Bekanntschaft mit anderen Geschichtsfreaks zu schließen, die sein breites Repertoire an Zitaten zu schätzen wussten.

Und auch wenn jeder von ihnen auf seine Weise sein Glück fand, begleitete sie von nun an eine quälende kleine Stimme, die sich immer wieder zu Wort meldete und fragte: *Was wäre gewesen, wärst du beim BJS geblieben?*

29. Oktober, 19:15 Uhr, Downing Street Nummer 10, London, England

Während sie gemeinsam an einem langen Holztisch saßen, an dessen Enden jeweils ein prunkvoller Kerzenleuchter stand, beobachtete Premierminister Falcon Jonathan und Shelley eingehend, immer noch unsicher, was er von den beiden Kindern halten sollte.

»Randolph hat mich darüber informiert, wie tief enttäuscht ihr wart, dass ihr die Queen verpasst habt, als ihr im Buckingham Palast wart«, sagte der Premierminister, während er bedächtig das Gemüse auf seinem Teller kleinschnitt.

»Einem Mitglied der Königsfamilie zu begegnen, steht schon lange auf meiner To-do-Liste«, sagte Shelley.

»Aber nur, damit Sie es wissen, es steht so ziemlich alles auf ihrer To-do-Liste. Und ich meine wirklich alles – Ukulele spielen lernen, eine Reise ins Weltall, eine Fernsehshow in Bulgarien moderieren …«

»Ihr seid wirklich zwei sonderbare Spione«, unterbrach Premierminister Falcon ihn. »Bei Weitem nicht intelligent genug, um alle fünfzig Staaten der Union aufzuzählen, und doch ist es euch gelungen, die Wahrheit in einer höchst komplizierten Sache ans Licht zu bringen. Aber das wohl Erstaunlichste ist, dass ihr euren Überzeugungen treu geblieben seid in eurem Handeln, selbst dann, als ihr nicht mehr auf Randolphs Unterstützung zählen konntet.«

Jonathan lächelte. »Wir sind Unsichtbare, Sir. Wir sind daran gewöhnt, ohne fremde Hilfe durchs Leben zu gehen.«

»Ohne fremde Hilfe? Aber du hast doch mich!«, protestierte Shelley, ehe sie sich an den Premierminister wandte. »Er nennt mich seinen Fels in der Brandung.«

Jonathan seufzte. »Ich habe dich so nie genannt.«

»Nur um das klarzustellen, wenn ich sage, er hat mich so *genannt,* dann meine ich rein gefühlsmäßig, nicht mit Worten«, erklärte Shelley mit einiger Dramatik.

»Wir Briten bevorzugen es zwar, nicht über Dinge wie Gefühle zu reden«, sagte Premierminister Falcon auf seine übliche steife Art, »doch wir halten viel davon, unsere Anerkennung zu zeigen. Und deshalb lädt die Queen euch beide zum Tee im Buckingham Palast ein, sobald sie nächste Woche zurückkehrt. Leider jedoch hat Hammett mich darüber informiert, dass ihr schon morgen früh nach Hause zurückkehren sollt, weil es irgendwelchen Ärger gibt.«

Shelley, die sich nun nicht mehr unter Kontrolle hatte, riss die Arme hoch und schrie: »Wir verpassen ein Treffen mit der Queen?! Warum, lieber Gott? Warum?«

»Hmm«, murmelte Jonathan. »Was wohl passiert ist?«

»Wollt ihr damit andeuten, dass Hammett euch noch nichts davon gesagt hat?«, fragte der Premierminister verwundert und senkte langsam die Gabel und das Messer auf den Teller.

»Was soll er uns gesagt haben?«

Der Premierminister machte eine kurze Pause und blickte betreten auf sein Essen, bevor er antwortete: »Ich denke, es ist das Beste, ihr erfahrt die Neuigkeiten von jemandem, der eurer Regierung angehört.«

Jonathan beugte sich vor, weil seine Neugier geweckt war. »Warum?«

»Es geht um deine Familie.«

»Meine Familie?«, wiederholte Jonathan.

»Sind sie tot?«, platzte Shelley unverblümt heraus.

»Tot!«, schrie Jonathan entsetzt, und seine Augen füllten sich mit Tränen.

»Nein, Jonathan«, beschwichtigte Premierminister Falcon und sah dem Jungen unverhohlen in die Augen, »deine Eltern sind nicht tot. Aber sie wurden festgenommen, wegen Landesverrats.«

»Das ist nicht möglich!«, gab Jonathan zurück. »Da müssen Sie sich irren.«

»Ich versichere dir, junger Mann. Ich täusche mich nicht.«

»Aber meine Eltern arbeiten als Hundesitter. Sie führen Hunde spazieren. Und das nicht mal besonders gut. Jeden Monat entwischen ihnen mindestens zwei von den Haustieren.«

»Ich kenne zwar nicht jedes Detail«, gab Premierminister Falcon zu, »aber kann es vielleicht sein, dass das mit dem Hundesitten nur eine Tarnung für sie war?«

»Das ergibt doch alles keinen Sinn!«, brüllte Jonathan hysterisch. »Meine Eltern sind zwei der einfachsten, dümmsten

Menschen, die mir je begegnet sind! Sie können keine Spione sein!«

»Warum denn nicht?«, entgegnete der Premierminister. »Du brauchst dich nur an die eigene Nase zu fassen.«

Gitty Daneshvari wurde in Los Angeles geboren. Schon als Kind redete sie unaufhörlich und gab über alles und jeden ihren Kommentar ab – sehr zum Verdruss ihrer Umgebung. So kam sie auf die Idee zu schreiben, denn auf diese Weise konnte sie ihre Gedanken loswerden, ohne ein Gegenüber zu nerven. Ihre ersten Kinderbücher waren »Das Geheimnis von Summerstone« (cbj) und die Reihe »Monster High« (Arena). Gitty Daneshvari lebt heute in New York.